"

심리극 디렉터의
시선으로

마인드온 심리연구소
https://www.mind-on.co.kr

배지석 / 마인드온 심리연구소 소장

심리극 디렉터의 시선으로

발행   2019년 02월 21일
저자   배지석
펴낸이   한건희
펴낸곳   주식회사 부크크
출판사등록 2014. 07. 15(제2014-16호)
주소   경기도 부천시 춘의동 202 춘의테크노파크2차 202동 1306호
전화   1670-8316
E-mail   info@bookk.co.kr
ISBN   979-11-272-6333-1

본 책은 브런치 POD 출판물입니다.
https://brunch.co.kr

www.bookk.co.kr

심리극 디렉터의
시선으로

배지석 지음

BOOKK

CONTENTS

프롤로그

심리극(Psychodrama)은 마음의 연극이다. 심리극에서는 주인공의 해결되지 않은 마음의 세계를 만난다. 눈에 보이지 않는 마음을 만나기 위해 언어가 아닌 행위로 삶을 드러낸다. 주인공은 새로운 시도를 하면서 삶을 재창조한다. 그만큼 심리극은 말과 글로 이해하거나 경험하기 어렵다. 사람마다 몸과 마음으로 느끼는 심리극의 실제도 다를지 모른다. 단 한 번의 심리극 경험이 주는 즐거움과 카타르시스는 오랫동안 몸과 마음에 남아 삶에 지속적으로 영향을 준다.

나는 심리극을 만나고 삶이 달라졌다. 과거 상처받은 순간을 심리극으로 치유 하면서 삶을 다르게 바라볼 수 있었다. 나는 상처받은 치유자이며 심리극 디렉터로 성장했다. 심리극을 처음 만나는 사람들에게는 나의 글이 심리극 디렉터의 삶을 이해하게 돕고, 오랫동안 심리극을 실천해 온 사람에게는 새로운 시선으로 심리극을 바라보게 할 것이다.

심리극을 실천하는 심리극 디렉터로 성장하기까지 17년이 걸렸다. 긴 시간 동안 심리극 슈퍼바이저로 지지와 격려를 해주신 박희석 교수님, 심리극 훈련과정에서 배움을 나눈 선배, 동료, 후배에게도 고마운 마음을 드린다. 마지막으로, 한 사람으로 성장하고 세상에 작은 기여를 할 수 있게 기다려주신 부모님, 늘 같은 모습으로 함께하는 사랑하는 아내와 두 딸에게도 마음을 남긴다.

2019년 2월, 배 지 석

1장.

심리극에서 만남을 바라보다

길을 걷다
심리극 디렉터 시선으로

"
오늘 처음으로 하늘을 본다.
심리극은 삶이 우리에게 줄 수 없었던 것을
다시 해보면서 새롭게 배우도록 돕는다.
"

심리극 디렉터의 초기 기억

대학시절 처음 심리극 동아리 활동을 하면서 '심리극 디렉터' 역할로 무대에 있었다. 주인공의 호소문제에 관심이 가기보다 긴장된 신체, 불안함에 더 주의가 쏠려 있었다. 심리극에 등장하는 주인공과 집단원은 누구이며, 그들이 쏟아 내는 어려움은 무엇인지 알지 못했다.

심리극 주인공 경험을 하다

나는 2006년 7월 15일에 심리극 초급교육을 받았다. 심리극 디렉터로 나 자신을 신뢰하기보다 심리극이 어디로 흘러갈지 몰라 불안함에 빠져 있었다. 심리극 디렉터의 경험이 부족했기에 오로지 의지할 수 있는 건 주인공의 이야기를 듣는 것뿐이었다.

심리극을 좋아했던 나, 운이 좋았다.

직장 생활을 하며 심리극 교육을 받기 위해 주말마다 전라남도 광주로 향했다. 2012년 2월 26일, 심리극을 만난 지 10년 만에 심리극 전문가 자격증을 취득했다. 심리극 전문가 자격을 취득하기 위해 노력했던 시간은 500시간의 교육과 200시간의 학술활동이 있었다. 서류에 드러나는 시간만으로는 심리극 디렉터로 성장하는 삶을 모두 이해하기 어렵다. 그러나, 교육시간과 자격증이 심리극 디렉터 역량을 증명해주지 못하는 경우도 있다. 열정과 능력이 필요한 이유가 여기에 있다.

2012년 8월 21일, 나는 심리극 디렉터의 삶을 살기 위해 직장을 그만두었다. 「마인드온과 심리극 여행」 블로그를 운영하며 심리극 교육과

봉사활동에서 배웠던 내용을 정리했고, 「마인드온 심리연구소」를 설립했다. 나는 2012년부터 2018년까지 심리극으로 많은 사람들을 만났다. 하루 평균 30~50명, 많은 날에는 100명 정도였다. 한 달 기준 1000명에 가까운 사람들을 만났고 전국을 돌아다녔다. 말 그대로 운이 좋았다.

"

내가 언제 이 많은 사람들을 만날 수 있겠는가?
심리극 디렉터로 살면서 좋은 경험을 많이 한다.

"

심리극을 실천하며 삶을 기록하기

대한민국에서 심리극 전문가 자격증을 취득하고 현장에서 실천할 수 있는 기회는 거의 없다. 그럼에도 불구하고 나는 심리극 디렉터로 많은 사람들을 만났다. 심리극 디렉터로 성장하기까지 여러 이야기를 블로그에 기록했다. 나는 글과 사진을 블로그에 기록하면서 기억을 회상하고 정리했던 습관이 심리극을 학습하는데 큰 도움이 되었다.

우연히 배우들은 연기 훈련을 하면서 배웠던 느낌, 생각, 경험을 일지에 작성하면서 스스로 학습하는 것을 알게 되었다. 이 아이디어를 듣고 심리극을 배우고 실천하는 이들도 하면 좋겠다는 생각이 들었다.

심리극 디렉터의 삶을 기록하면서 "심리극을 좋아하고 배우고 싶어하는 사람들에게 좋은 자료로 활용될 수 있지 않을까?" 라는 생각을 했

다. 내가 살면서 가장 노력하는 건 꾸준히 무엇인가 하는 것이다. 잘하든 못하든 계속하다 보니 잘하게 되는 것도 가끔 있어 행복하다.

"
심리극 디렉터는 길을 안내하는 사람이다.
몸과 마음의 길 그리고 시간의 길
"

견뎌준다는 것

심리극 디렉터 시선으로

"

내가 왜 그런 식으로 생각하고 느끼는지를 배우는 것,

즉, 문제의 원인과 원천을 배우는 것은

갈등을 상당히 줄일 수 있다.

Yalom, 1975:84

"

스스로 숨 쉬도록 기다려준다.

심리극을 배우면서 가장 많이 들었던 말 중에 하나는 "주인공 보다 반발자국 뒤에서"라는 말이다. 주인공의 자발성이나 에너지 수준이 낮은 경우 어떤 심리극 디렉터는 주인공을 끌고 가는 모습을 보기도 한다.

그러한 심리극 디렉터의 의도는 주인공을 촉진하는 것이지만 그 과정에서 놓치는 삶의 단서들이 꽤 많을 수도 있다.

안전하게 장면을 만들고 기다려준다.

힘을 스스로 경험하게 한다.

나는 주인공에게 권한을 주는 편이다. 그러다 보니 주인공은 때로 반발자국 뒤에 서 있는 나를 힐끔 보는 경우가 있다. 나는 여전히 그 자리에 서 있고 주인공이 스스로 어떤 시도를 하고 있으며, 지금 무엇이 필요한지 살핀다. 나의 심리극을 본 어떤 이는 심리극 디렉터가 강력한 리더십이 느껴지지 않는다고 말했다. 심리극 디렉터가 주인공에게 다시 삶을 선택할 수 있는 순간을 주고 기다려주는 시간이 마치 강력한 리더십이 없는 것처럼 보일 수 있다. 나는 이 과정에서 강력한 리더십이 필요하지 않다고 본다. 그보다 주인공의 삶 안에서 안전지대를 만들고 스스로의 삶을 살도록 기다린다.

심리극 안에서 시행착오는 좋은 경험의 길이다.

난 주인공이 스스로 시행착오 안에서 경험하길 바란다. 심리극 디렉터 역할로서 나는 주인공 그 안에서 좌절에 빠져 있는 순간에도 같이 머물러 주고 때가 되면 같이 다시 일어선다.

밤길은 참 위험하다. 블랙박스가 나의 길을 기억해준다. 밤길에 운전을 하다 보면 전조등이 얼마나 소중한지 모를 때가 있다. 그저 있으니까 습관적으로 조작한다. 우리의 삶도 마찬가지 아닌가? 고개를 들어 보면 얼마나 많은 기능과 힘이 자신에게 작동되고 있었는지 알게 된다. 난 심리극 안에서 주인공의 자발성의 힘을 갈등과 심리적 외상을 극복하는 과정에서 발견하게 된 경우를 보게 된다.

견뎌주면 스스로 힘을 발견한다.

위기는 곧 기회라는 말이 괜히 생겨난 말이 아니다. 외상 후 성장이라는 말처럼 우리가 스스로 일어나고 어떤 힘을 가지고 있는지 발견하기 위해 냉정하지만 그 사람 반 발자국 뒤에서 담담히 기다리고 서 있게 된다.

아주 오래전 나의 슈퍼바이저는 다른 사람에게 "너는 머리로 심리극을 하는구나."라는 말을 들었다고 했다. 나는 슈퍼바이저의 방식을 신뢰

한다. 심리극을 만든 모레노는 정신의학에서 집단 심리치료를 처음 사용했다. 현대적으로 해석한다면 '사례 개념화' 없이 안전한 치료는 불가능하다고 생각한다. 그만큼 심리극 디렉터는 집단원과 주인공을 안전하게 안내할 책임이 있다. 많은 사람들이 심리극을 한다면서 흉내 내겠지만, 책임은 지려하지 않는다. 집단 과정 안에서 일어난 일은 심리극 디렉터가 책임을 져야 한다. 심리극 디렉터가 되는 일이 그래서 어렵다

"
심리극,
안전하게 좋은 경험을
안내하는 일이다.
"

몰입과 관조

심리극 디렉터 시선으로

ⓒ Moreno Museum - Zerka Toeman

젤카 모레노가 32세 때이다. 2017년 6월 13일, 그녀의 생일.
그녀가 살아있다면 100세가 되었다.

> "
> 진실을 주면 진실을 받는다.
> 집단에게 사랑을 주면
> 그것은 당신에게 사랑으로 되돌아올 것이고,
> 자발성을 주면 자발성이 되돌아 올 것이다.

Moreno, 1953:114

> "

6월 13일은 모레노의 아내, 젤카 모레노의 생일이다. 만일 그녀가 살아 있었다면 100세가 되었다(2017년). 나는 젤카를 32세 사진으로 만나게 되었다. 그녀는 젊은 시절 디자이너였다. 너무 아름다웠다. 내가 오늘 젤카를 만난 것처럼. 심리극은 지금-여기에서 누군가를 만나는 일이다. 심리극 무대에서 뿐 만 아니라 현실에서 누군가를 만난다. 만남은 나에게 새로운 경험과 영감을 안겨 준다.

너도 그러니, 나도 그래

오늘은 친구를 만났다. 친구는 반복된 일상을 살다 보니 굴레 안에서 고민하고 있었다. 나는 친구에게 말했다. "나도 그래." 친구의 모습 안에서 나를 보았다. 우리는 세상 안에서 주어지는 다양한 역할로 인해 틀에 얽매이게 되고 유연한 모습이 줄어드는 것을 느낀다.

심리극 디렉터도 사람이다.

상황에 적절히 반응하는 힘은 줄어들고, 새로운 경험을 받아들일 수 있는 여유도 적어짐을 알게 되었다. 하이터치 직업군이라 말하는 돕고, 돌보고, 봉사하고, 가르치고, 치료하는 분야일수록 '소진'을 쉽게 경험한다. 소진은 신체적, 정신적으로 극도의 피로를 느끼는 현상을 일컬어 번아웃 증후군(burnout Syndrome)이라 말한다. 말 그대로 다 타버려 남은 것이 없다는 의미이다. 난 치료사뿐만 아니라, 경영, 영업, 홍보, 마케팅, 행정까지 다양한 역할을 한다. 업무를 하면서 들었던 생각은 "자기 자신을 변화의 도구로 사용하면서 어떻게 하면 소진을 예방하고 전문가로서 생명력을 잃지 않을 수 있을까? 타인 보살핌과 자기 보살핌 사이에 어떻게 균형을 유지할 수 있을까?"였다. 다행히 심리극 안에서 소진 예방 과정이 있었다. 바로 준비 단계이다. 마치 운동선수처럼 달리기를 하기에 앞서 몸을 풀고 마음의 준비를 한다. 생각해보면 심리극 디렉터뿐 만 아니라 다양한 분야에서 일하는 사람들도 일을 하기 전에 독특한 의식이 있는 것처럼 보인다. 심리극 디렉터 훈련을 하는 과정에서도 수퍼바이저와 동료들을 보면 스스로 기분을 고양하는 행동들을 한다. 음악을 틀고 춤을 추거나, 좋아하는 색의 천을 의자 위에 두르고 자리에 앉는다. 나는 주로 주변에서 주의를 거두고 호흡을 천천히 들이쉰다. 사소해 보이지만 무대에 올라가기 전에 온전히 지금 여기에 머물기 위한 의식과 같다.

눈에 보이지 않는 마음의 경계를 만들다.

심리극 디렉터는 집단원과 준비단계, 본극단계, 나누기단계를 거치면서 비밀스럽고 안전한 경계를 만들어 낸다. 아주 오랜 역사 속에서 만들어진 심리극의 과정은 탁월한 마음의 경계를 만들어 낸다.

"

심리극 디렉터는 흔들림 안에 서 있다.

"

마음의 경계가 무너질 때는 현실과 이상의 불균형에서 온다. 그럴 때일수록 적절한 경계 안에서 균형을 경험하는 것이 필요하다. 영화 중에 '카모메 식당'이 있다. 주인공은 일본을 떠나 핀란드에서 '오니기리(おにぎり)'라는 일본식 주먹밥을 판다. 그녀는 장사가 안되거나, 잘 되더라도 항상 일상 안에서 중심을 잃지 않는다. 심리극 디렉터는 흔들림 안에 서 있다. 이 균형감은 심리극 안과 밖에서 스스로를 바라볼 수 있는 힘이다. 나는 스스로를 바라볼 수 있는 힘이 몰입과 관조에서 나온다고 믿는다.

　심리극 디렉터가 몰입과 관조가 유연하게 되려면 정서적으로 안정감 있는 일상, 그 안에서 적절히 새로운 경험과 만남, 그리고 교감을 나눌 필요가 있다고 본다. 일로만 채워진 심리극 디렉터의 드라마는 그 생명을 잃기가 쉽다. 그러기에 심리극 디렉터는 일상을 향유할 수 있는 자유로움이 필요하다. 나는 그것을 '놀이정신'이라 말한다.

"

나는 심리극 디렉터가 일상을 향유할 수 있는
자유로움이 필요하다고 본다.
나는 그것을 '놀이정신'이라 말한다.

"

심리극으로 세계와 연결을 꿈꾸다.
심리극 디렉터 시선으로

나는 텔레를 '하나가 되어 좋아하고 사랑하게 되는 것(liking and loving in one)'이라고 생각한다. 가끔씩 우리는 누구를 사랑하지만 우리는 그를/그녀를 좋아하지 않을 수 있다. 또는 반대로, 좋아하지만 사랑하지 않을 수도 있다. 완벽한 텔레는, 좋아하는 것과 사랑하는 것이 함께 흘러가는 것이다. 누군가를 좋아하는 것은 그를 존중하는 것이고, 사랑하는 것은 누군가가 잘못을 보이거나 실패하여도, 그 안에서 발견되는 아름다움을 계속 보는 것이다.

- Zerka T. Moreno. Psychodrama, surplus reality

심리극으로 상상하고 행동해 본다.

내가 심리극에 관심을 가지고 나서 처음 만났던 책이 「심리극의 세계」이다. 이 책은 마샤 카프(Marcia Karp), 파울 홈스(Paul Homes), 케이트 브래드쉬 타우반(Kate Bradshaw Tauvon)이 쓴 책이다. 원서 제목은 The Handbook of Psychodrama로 소개되었다. 인터넷에서 확인해 보니 저자들은 여전히 활발히 활동 중이다.

심리극 안에서 마샤 카프를 만나다.

2016년 7월 8일에 영국에서 마샤 카프(Marcia Karp)가 한국에 왔었다. 내가 소속되어 있는 한국 심리극·역할극 상담학회에서 10주년 행사에 마샤 카프를 초대했다. 나는 그녀와 2박 3일 동안 교육을 받았다. 가장 기억 남는 두가지가 있다. 하나는 그녀의 디렉팅으로 나는 모레노가 되었다. 마샤 카프는 모레노를 만났기에 가능했던 일이다.

2016년 7월 10일, 그녀 덕분에 난 모레노가 되었다.

두 번째 기억은 아내, 그리고 아이와 같이 심리극 경험을 했다. 말 그대로 가족 심리극이다. 아이는 나보다 심리극 경험을 어린 나이에 한 셈이다. 그때의 경험은 참으로 오래 남는다. 상황이나 이야기는 잘 기억나지 않아도 느낌은 아직도 선명하게 남아 있다.

2016년 7월 8일, 마샤 카프에게 가족 심리극을 경험하다.

나는 학회 행사가 끝나고 마샤 카프를 인천 공항까지 직접 운전을 해드렸다. 그녀와 식사도 하고 소소한 이야기를 나누었다. 그녀는 나이가 일흔이 넘었지만, 주변에 보이는 예쁜 것을 지나치지 않고 휴대폰으로 사진을 찍어서 가족들에게 메시지를 보내는 모습도 볼 수 있었다.

ⓒ Blatner.com - Adam Blatner

사이코 드라마 기법/저자 아담 블래트너

아담 블래트너는 성인 정신의학과 소아 정신의학 분야에서 공인된 자격증을 소지하고 있고, 미국 정신의학회의 펠로우이다. 최근에는 J. L. 모레노 생애 업적상을 수상하는 영예를 갖기도 했다.

난 우연히 블래트너의 웹사이트를 보았다. 그 웹 페이지에서 '국제 사이코드라마 뉴스 및 설문조사'의 제목의 게시물을 보았다. 말 그대로 전 세계에 사이코드라마를 실천하는 동료들에게 네트워킹을 촉진하기 위한 안내 글이었다. 난 상상해 본다.

한국에서 활동하고 있는 분들과 세계에 있는
사이코드라마 실천가들을 서로 연결할 수 있을까?

"

심리극으로 세계와 연결을 꿈꾸다.

한국에서 심리극을 실천하는 동료들에게 블래트너의 설문내용을 소개하고, 설문 내용을 블래트너의 웹사이트 이메일을 보낼 예정이다. 이 내용들이 전달된다면 그의 사이트에 있는 Group talk라는 게시물에 등록이 되고 전 세계 사이코드라마 동료들과 교류가 일어날 것이라 예상해 본다. 나는 해외 사이코드라마 실천가들과 서로 실천하고 있는 사이코드라마 모습을 이야기하고 싶다.

"

만일 우리가 그에게 이런 것들을 허용하지 않는다면
그가 언제 그것들로부터 자유로움을 경험할 수 있겠는가?

젤카 모레노의 심리극을 바라보는 놀라운 시선

"

심리극 그리고, 일상 변화
심리극 디렉터의 시선으로

심리극을 하면 나의 일상이 바뀌나요?

과거의 경험을 떠오르는 것은 도움이 될 수도 있다. 하지만 현재 다른 사람들과 함께 하는 방식을 이해하는 것이 변화의 핵심이다. 이를 위해서 자기와 타인에 대한 표상 모두가 변경될 필요가 있고, 표상의 변화는 지금 여기에서만 효과적으로 이루어질 수 있다.

- 정신분석가 Fonagy.

초보 심리극 디렉터는 주인공이 호소하는 과거의 주제에만 달려가는 경향이 있다. 앞뒤 맥락 없이 내면아이(inner child) 장면만 하면, 가족의 질서만 조정하면 모든 일이 해소될 것이라는 오류를 범한다.

> "
> ## 당신에게 이 주제가 중요한 이유가 무엇인가요?
> "

undoit!

행위 갈등을 해소하기 위해 과거 장면을 다루기 전에 현재 일상에서 경험하는 사소한 이야기를 찾아야 한다. 그리고 질문해야 한다. 그 이유는 우리가 결국 일상으로 돌아와야 하기 때문이다. 일상에 있는 타인을 어떻게 바라보고 있는가? 그런 자신은 어떻게 인식하고 있는가? 심리극 디렉터가 이와 같은 질문으로 가설을 세울 때, 주인공은 심리극 디렉터에게 되물어 본다.

"

심리극을 하면 나의 일상이 바뀌나요?

"

심리극에서 만났던 너를 회상하다.
심리극 디렉터의 시선으로

만일 당신이 당신 자신과 이야기를 해본다면 어떨까요? 당신이 당신과 가장 가까운 그 사람, 그러니까 당신이 가장 잘 알고 있는 그 사람과 이야기하는 것이지요. 우리가 당신을 위해서 당신의 이중자아를 만들어 드린다면, 당신은 그 사람과 더불어 비로소 이야기를 할 수 있게 되고, 그 사람과 더불어 행동할 수 있을 거예요. 그 이유는 당신과 그 사람들이 서로에게 속해 있기 때문이에요.

J.L. Moreno, 1987:129-130

'나쁜 아이'라고 불린 아이

나이에 비해 작은 체구의 아이는 오늘도 많은 어른들에게 같은 이야기를 듣고 있었다. "착하게 말해라." 아이는 어른들로부터 듣고 싶지 않은 어둡고 무거운 말이 거칠게 들려올수록 몸을 반대로 움직였다. 앞에 있는 어른은 알지 못했지만, 아이는 몸을 더 과장하고 반대로 말하고 움직였다. 아이는 마음의 열기가 가득 차고 끓기 시작했다. 어른의 "착한 아이가 되어라!"라는 말은 오히려 전기 포트의 버튼처럼 아이의 몸을 뜨겁게 달아오르게 만들었다.

나는 아이에게 조용히 다가가 곁에 앉아 있었다. 서로 몸의 움직임을 느낄 만큼 편안해졌을 때 낮은 어조로 아이에게 물었다. "사람들은 나를 가만히 두질 않는다. 그렇지?" 그러자 곧 아이는 얼굴빛이 달라지며 이야기했다. "어떻게 알았어요? 그냥 저를 내버려 뒀어야 해요. 저는 원하는 것도 없고, 살고 싶지도 않거든요. 난 착하지 않고 나쁘지도 않아요. 난 그냥 살 뿐이에요." 나는 아이에게 물었다. "그 말을 누가 들어야 했을까?" 아이는 아빠라고 이야기하곤, 고개를 숙이며 한참을 침묵 안에서 멈춰 있었다.

우리가 말하는 착한 아이. 그 마음의 시작은 누구로부터 시작되었을까? 누구를 위해 존재하는 걸까? 아이가 바라는 마음은 어디에, 언제까지 숨어있어야 할까? 시간이 한참 지나 누군가에게 드러날 그때 그 맘이 여전히 거친 마음이기에 나의 마음 한구석이 무겁고 어둡다.

> "
> ## 기억은 저절로 발생하는 것이 아니라
> ## 그것이 자신의 삶과 관계될 때 기억하는 것이다.
>
> Alfred Adler(1958)
>
> "

살다 보면 이런 일도 있다.

주인공은 핏빛이 가득 찬 눈으로 입술을 말아 다물고 있었다. 나의 말 한마디를 듣고 그의 호흡은 점점 빨라졌다. 온몸이 경직된 상태로 긴장이 가득했다. 주인공은 휘발유처럼 갑작스럽게 타오르고, 격앙된 상태로 소리를 지르기 시작했다. 나는 귀가 멍했다. 그는 호흡이 휘몰아치고, 그곳을 벗어나가려고 날뛰었다. 나와의 눈 마주침은 없고, 더 이상 감정의 멈춤 없이 달릴 뿐이었다. 그를 막으려 3명의 사람들이 잡았지만 속수무책이었다. 그는 바닥을 굴렀다. 180cm 이상 큰 체구의 주인공은 힘이 빠졌는지 호흡을 가쁘게 쉬고 있었다. 그는 콘크리트 벽을 머리로 들이 박으며 오직 이곳을 벗어나려 했다.

담당자가 달려와 그의 맥박과 호흡, 혈압을 체크했다. 호흡 확보를 위해 그의 옷을 조금 풀고, 편안하게 앉도록 했다. 어느새 30분이 지났다. 심리극 디렉터로 누군가에게 도움을 주는 과정에서 위협을 받는다는 건 매우 혼란스러운 경험이다. 심리극 디렉터로 활동하면서 주인공에게 경험했던 몇 번의 위협적인 행동은 심리적 외상이라 느낄 만큼 두려웠다. 주인공의 감정적 접촉은 매우 강렬하다. 이 과정에서 주인공의 감정의 표출은 집단원뿐만 아니라 심리극을 안내하는 디렉터의 안전을 위협한다. 심리극 디렉터뿐만 아니라 상담자도 마찬가지다. 언제 어느 순간에 일어날 수 있는 내담자의 감정의 표출 또는 갑작스러운 감정의 행위화로부터 상담자는 안전한 방식으로 자신을 보호해야 한다. 그러기 위해서 상담과 치료가 이루어지는 환경에서 안정성이 보장되어야 한다. 상담 과정에서도 이 부분이 필수적으로 구조화가 필요하다고 생각한다.

집에 돌아와 옷을 갈아입는 동안 살펴보니 몸 이곳저곳이 멍투성이다. 내가 이러려고 심리극을 했나(?)라는 생각도 들었다. 주인공을 안정시키고, 돌아가는 모습을 보며 안쓰러운 마음도 들었지만 '참 인간적으로 너무 한다.'라는 마음도 든다. 그는 먼지투성이가 되어 바닥을 같이 굴렀던 내가 안 보였나? 심리극 하는 과정도 인간관계의 장(場)이다. 그가 현실에서 어떻게 살았는가? 생각해본다. 온몸이 쑤신다.

"
눈 마주침은 있을 수 없고,
더 이상 감정의 멈춤은 없이
달릴 뿐이었다.
"

심리극에서 만남을 바라보다.

심리극 디렉터의 시선으로

"

심리극 디렉터는 주인공이 원하는 것을 성취하게 하면서도
상처받지 않도록 안내한다.
이 과정은 신중하면서도 배려가 깃들어야 한다.

"

마르틴 부버(Martin Buber)는 삶에서 가장 참된 것은 만남이라고 말했다. 우리는 만남 안에서 참만남(encounter)을 하고 있을까? 아니면 그 관계조차 도구로써 사용하고 있지 않을까? 하나의 도구로서 대상이 아닌 '나와 너' 참만남 안에서 진정한 '나'를 발견할 수 있다고 믿는다. 사람은 홀로 존재하지 않고 관계에서 의미를 발견하기 때문이다. 삶은 그래서 만남이다.

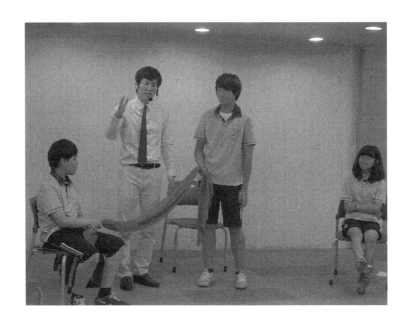

심리극의 미래를 물어보다.

심리극 디렉터의 시선으로

심리극의 미래를 그녀에게 물어보다.

나는 심리학이 '인간의 행동을 과학적으로 이해하는 학문'이라 알고 있다. 이 짧은 한 문장을 주장하기 위해서 근거가 필요하다. 심리학이 과학이 되기 위해 통계, 데이터가 그 힘을 실어주고 있다고도 볼 수 있다. 심리학의 여러 부류 중 과학적인 심리치료 방법의 하나인 심리극(Psychodrama)은 집단 심리치료 방법이다. 상담과는 같으면서 다르다. 상담은 언어적 방식으로 상담자가 내담자와 협력하여 심리적 문제를 돕는 과정이다.

이 부분은 심리극 디렉터와 주인공이 경험하는 심리극 진행 과정과 유사하다고 볼 수 있다. 심리극이 상담과 다른 부분은 그 과정이 언어와 행위로 이루어졌다는 것이다. 심리극을 만든 모레노는 심리극을 진실의 연극, 행위 과학(science of action), 자기해방(self liberation) 혹은 정신의 완전한 실현화(full psychic realization)라는 용어로 이야기했다. 심리극의 시작은 모레노의 일생과 같이했다고도 볼 수 있다. 1921년 4월 1일 자발성 극장 시작한 날로부터 98년이 흘렀다. 2020년이면 심리극이 시작된 지 100주년이다.

© Moreno Museum - Zerka Toeman Moreno

심리극은 어디로 가고 있는 것일까? 1996년 8월 1일 제이콥 레비 모레노의 아내인 젤카 모레노가 한국을 방문했었다. 그의 워크숍 마지막 단락에 심리극의 미래를 말한 부분이 있다. 워크숍에서 언급한 내용은 다음과 같다.

1. 우리는 마을 곳곳마다 응급실에 심리극 클리닉이 세워지기를 진정 원한다. 그냥 사람들이 들어와서 자기 문제를 가지고 작업할 수 있도록, 여러 가지 심각한 문제를 일으키기 전에 문제의 해결책을 찾기를 바란다.

2. 칫솔로 이를 닦듯이, 심리극을 통해 우리의 마음을 청결히 하는데 쓰이길 바란다.

3. 역할 테스트 클리닉이 세워지길 바란다. 결혼 전 젊은이들이 결혼을 해야 할지 말아야 할지를 테스트해 보도록 하는 장소로, 우리는 젊은이들이 로맨스에 싸여 있다가 그것을 깬 적도 있다. 잠시 슬픈 마음을 느끼더라도 더 나아가 미래의 인간관계를 위하여 뭔가 교정하고 수정해 줄 수 있었으면 한다.

4. 심리극 클리닉을 통해 부모들이 아이를 갖기 전에 작업할 수 있다. 그들이 아이를 가질 준비가 되어 있는지 알아보는 작업이다. 재미있는 현상들이 책에는 쓰여 있지 않으나 일어나고 있다. 모든 남녀의 마음에는 이상적인 자녀 형이 있다. 환상적인 아이라고 할 수 있다. 환상속에 아이의 상을 너무 소중히 가지고 있다가, 막상 아이가 태어나면 그 이상적인 가면을 그 아이 얼굴에 씌우고 그 아이에게 이야기한다. "왜 그 아이처럼 되지 않는가?", "저 아이처럼 행동할 수 없니?"하고 이것도 역시 작업이 필요하다. 따라서 그 씌운 가면을 벗기고 그 속에 있는 그대로의 아이를 정말 고마워할 수 있는 작업이 필요하다. 그가

누군가가 원하는 어떤 것으로 끌려가거나 밀려가지 않도록 하기 위해서...아이가 있는 부모에게도 심리극 클리닉이 필요하다. 아이들이 상처를 받거나 문제가 있어서가 아니라 정상적인 건강을 위해서도 어른, 아이 모두에게 필요하다.

5. 각 외과대학, 간호대학, 복지대학 등 인간관계를 가르치는 모든 학교에서 심리극 디렉터가 필요하리라고 생각한다. 그 모든 학교는 조력자를 양성하는 곳이므로, 우리는 그 조력자들을 인간화시켜야 한다.

6. 각 정부마다 심리극 디렉터와 사회극 디렉터가 다 있어야 한다고 생각한다. 우리는 선거할 때 더욱더 사회측정학적 방법을 활용할 수 있다. 진정한 지도자를 뽑을 때 돈만 있으면 되는 그런 정치가를 뽑는 게 아니다. 그런 경우는 진정한 정부가 될 수 없다. 여러분 앞에는 너무나 할 일이 많다. "모레노가 운명하기 3개월 전 마지막으로 한 말을 내가 대신하며 마지막 인사를 하겠습니다."

"
내가 나이가 들어갈수록 여러분 같은 분들에게
더욱더 신세를 지고 있습니다.
사랑합니다. 그리고 감사합니다.

Jacob Levy Moreno and Zerka Toeman Moreno

"

심리극과 집단상담

심리극 디렉터의 시선으로

"

시간 속에 살다 보면 만난다.

기억, 사람, 장소

시간이 흐르면서 예전과 다른 느낌을 받는다.

예전과 다른 시선으로 바라보고 있기 때문이다.

변한다는 것 새로운 시선으로 바라보며 '시도'하는 것이다.

"

상담자의 정서적 경계와 한계

집단상담 리더는 집단상담 과정에서 다양한 어려움을 경험할 수 있다. 그중 하나는 '정서적 경계'와 '한계'이다. 2012년 이후 교육부 지원 아래 중학교 대안교실을 운영하면서 집단 리더들은 다양한 심리 프로그램 또는 집단상담에서 수업시간을 벗어난 아이들을 만난다. 여기서 말하는 수업시간을 벗어난 아이들은 수업 방해를 하여 담당 교사에게 방치된 대상이다. 아이들은 선생님에게 방치되었고, 선생님은 아이들에게 무시당하고 있다고 느끼는 현상이 계속 반복되어 온 것이다.

나는 수업에서 이탈한 아이들 10명과 집단상담을 진행했다. 문제는 참여자들이 '주의 집중'이 안 된다는 사실이다. 구조화되어 있는 집단상담 프로그램 내용으로는 진행조차 안 되고, 리더와 라포가 형성되기 어려웠다. 전체 12회기 중 5회기가 진행된 상황에도 '주의 집중'은 되지 않고, 참여자들 간 잡담과 농담, 바닥에 드러눕거나, 창문을 열고 고성방가를 하였다.

집단을 구성할 때 가장 좋은 조건은 동질 집단과 이질 집단을 나누어 집단상담의 목표를 설정하고 그에 적절한 내용으로 집단을 꾸리는 것이 좋다. 그러나 현실은 동질과 이질이 뒤섞여있는 많은 수의 아이들이 한 명의 리더를 만난다. 리더는 지금 이 순간 일어나고 있는 현상을 나누는 시도를 한다. 역시나 참여자들은 리더의 목소리가 들리지 않을 만큼 서로 간에 이야기를 나눈다. 리더는 이미 전경에서 배경으로 묻힌 상태다.

전체 프로그램을 담당하는 선생님도 아이들의 특성과 기질, 상황을 알고 있으나 프로그램에서 기대하는 것이 '아이들과 그저 시간을 보내는 것'이 중요하다는 이야기를 반복한다.

학교는 교실에서 '떠드는 아이들'을 잠시나마 어딘가에 대피시키고 나머지 아이들을 보호하고 싶은 마음도 있는 것처럼 보인다. 집단 리더는 이 상황에서 알아차림이 있어야 한다.

학지사 Thomas M Skovholt의 「건강한 상담자만이 남을 도울 수 있다」에서는 이와 같은 상담에서 상담자가 완전히 소진되지 않도록 경계를 설정하는 것은 상담자들의 경력이 어느 정도 쌓이고 나서야 가능한 일이라고 말한다. 스톤(stone, 1988)은 이러한 배움의 과정을 '영웅 신드롬'이라 부른다. 베테랑 상담자들은 베테랑 운동선수처럼 자신에게 적합한 속도로 배워서, 결정적인 순간에 대비할 준비가 항상 되어 있고 그렇지 않은 순간에는 한걸음 물러설 준비가 되어 있다. 어떤 상담자는 그러한 적절한 수준을 발견하는 것이 상당히 어렵다.

상담자도 결국 사람이다. 사람을 살리기 위해 자신을 도구로 사용하지만, 그 과정에서 정서적 경계가 무너지고 한계점에 이르면 말해야 한다. 상담이나 프로그램을 의뢰한 사람들은 '상담자'에게 때로는 '환상적 기대'를 하기도 한다. '환상적 기대'는 결국 현실을 위해 적정 수준에서 조절되어야 한다. 안타깝게도 대부분의 초심 집단 상담자는 한계를 말하는 것을 자신의 능력치를 밝히는 것처럼 인식한다. 상담자가 자신의 정서적 경계와 한계를 인식하고 표현하는 일은 단, 장기적으로 상담자 자신을 보호하고, 의뢰한 사람들에게 지금의 현상을 있는 그대로 볼 수 있는 기회를 제공한다. 결국, 서비스를 받는 수혜자들이 새로운 경험을 할 수 있게 한다.

"

당신의 느낌이 옳다.

"

2장.

심리극 디렉터의 마음가짐

심리극 디렉터의 마음가짐

심리극 디렉터의 시선으로

"

건강하고 즐거운 경험들이
몸과 마음에 남을 거라는 마음가짐.
무의식적으로 살지 않고 알아차림으로 머물기.
전경에서 배경으로 배경에서 전경으로.
알아차림 연습하기.

"

나는 때로는 마음의 쓰레기통이 된다.

학교가 아이들을 바라보는 시선은 이렇다. 수업태도 불량, 교사 지시 불이행, 학교의 틀을 벗어나려는 아이들. 아이들의 시선은 이와는 다르다. 그들은 학교가 자신을 인정하지 않고 있는 시선이 싫다고 말한다. 욕구와 욕구가 충돌하고 여기저기 감정이 쏟아진다. 아이들은 비판적 시선에 고통을 호소한다. 선생님도 아이들을 더 이상 마주하기를 꺼려한다. 감정의 찌꺼기가 여기저기 흩어진다. 심리극은 실수에 처벌 없이 행동을 시도할 수 있는 장(場)이다. 사람들은 안전한 정서적 배설 창구로 심리극이 활용되길 원한다. 그래서일까? 하이 터치 분야인 상담, 심리치료사, 심리극 실천가는 정서적 소진이 빠른 편이다. 나는 이 일을 오랫동안 잘 수행하기 위해 마음을 관리하는 비법을 연습하고 있다.

자유의 확대는 평등의 감소를 초래하고, 평등의 감소는 경쟁을 더욱 치열하게 만들며, 경쟁이 치열해질수록 사회 연대의식은 희박해진다. 연대의식이 부족해질수록 사회 내 개별화가 가속화되고, 개별화가 진행될수록 사회적 연결망은 축소된다. 사회적 연결망의 축소가 가속화되면 곧 무분별한 성취만이 강조된다.

(Heitmeyer, Wilhelm: Gesellschaftliche Desintegrationsprozesse als Ursache von fremdenfeindlicher Gewalt und politischer Paralysierung. In: Aus Politik und Zeitgeschichte. Beilage zur Wochenzeitung 'Das Parlament', Nr. 2, Bonn 1993, S. 4., zit. nach Koch, Gewalt in der Realschule und M glichkeiten der Pr vention, p. 77.).

심리극을 경험한다는 것
심리극 디렉터의 시선으로

내 자신이 되어야 할 권리

나는 당신이 아닙니다. 그도 아니고 그녀도 아니며 나는 나입니다. 나는 작지 않습니다. 길지도 않고 크지도 않고 작지도 않습니다. 나는 나입니다. 나는 선하지 않습니다. 나쁘지도 않고, 유쾌하지도 않으며 슬프지도 않습니다. 나는 나입니다. 아, 나를 나 되게 해 주세요. 당신은 정말 모르세요? 정말 깨닫지 못하십니까? 무엇보다도, 나는 나입니다.

삶을 위한 사랑의 노래

Zerka T. Moreno, 1971

The Right to be Me

I am not you or he or she. I'm not short or tall or big or small. I'm Me. I am not good or bad or gay or sad. I'm Me. Oh, let me be!

Don't you know? Can't you see? First of all I'm Me! Love Song to Life

Zerka T. Moreno, 1971

Psychodrama, Surplus Reality and the Art of Healing.

나는 사람을 만나는 일을 한다. 사람들은 '심리극'을 경험하길 원한다. 나는 초대받은 장소에 가면 마음의 준비가 되어 있는 사람 또는 원하지 않는 마음으로 몸만 있는 사람들을 만나게 된다. 사람은 참 알 수 없다. 심리극으로 자신의 삶이 달라지기를 기대하면서도 변화를 원하는 순간에는 뒤를 돌아보지 않을 정도로 도망치기 바쁘다. 두렵고 무섭다고 말한다. 예측할 수 없는 순간이 삶을 엉망으로 만들어 낼 것이라는 생각에 압도 된 모양이다. 심리극 디렉터는 주인공과 집단원에게 말한다.

"

이건 연극이에요. 아무 일도 일어나지 않아요.
그저 그 순간을 다시 연출했을 뿐이에요. 눈을 뜨세요.

"

주인공은 여전히 내 말이 들리지 않는 모습이다. 이 순간이 마치 그때인 거처럼 온몸과 마음을 부르르 떨고 있다. 이미 주인공은 그때를 지금 다시 경험하고 있다. 나는 그에게 지금을 다르게 경험할 수 있게 기회를 주고 싶다. 이 또한 선택해야만 경험할 수 있기에 동의가 필요하다.

여러 학교에서 연락이 불이 나게 오고 있다. 학기 내내 참고 눌러 놓았던 감정들이 터지고 있다. 아이들뿐만 아니라 교사들도 마음이 곪을 대로 곪았다. 학교는 "우리 아이들이 심리극에서 감정을 쏟아내게 도와주세요."라고 말한다. 심리극은 수도꼭지가 아닌데 말이다. 그저 수도밸브를 돌린다 해서 감정이 쏟아져 나오는 건 아니다. 참고 있던 감정을 드러내는 이도, 이를 극적으로 표현할 수 있게 기회를 제공하는 심리극 디렉터도 줄타기하는 것처럼 불안하다. 그저 심리극 디렉터는 여러 경험 안에서 예상되는 마음의 흐름을 사례 개념화로 가설을 세우고 바라볼 뿐 마음이 흔들리는 건 같다.

"

심리극 디렉터는 마음을 만나기 전 두려움을 그저 직시(直視) 할 뿐.

"

나는 요즘 참 이상하다. 내 앞에 앉아 있는 주인공이 한 명이 아닌 것 같다는 생각이 든다. 주인공은 집단 안에 들어오기 전에 이미 마음에 폭풍을 안고 있는지 몸짓, 표정, 눈빛, 정서가 예사롭지 않다. 여전히 주인공은 장(場)에 오기 전에 대인관계에서 얽힌 사람들과 같이 머물러 있는 것 처럼 보인다. 주인공이 호소하는 어려움의 과거를 바라본다. 슈퍼바이저가 말씀하셨던 말이 귓가에 맴돈다.

"

지금 네 앞에 앉아 있는 주인공은 지금 최선의 모습일 것이야.
더 이상 자신이 가지고 있는 카드가 없을 테니.
지금 보이고 있는 적응적이지 않는 모습도 그에게는 최선인 거지

"

사람을 만나는 심리극 디렉터도 사람이다. 여전히 완전하지 않고, 온전하길 기도하면서 사람을 만난다. 오늘도 마음에 다짐해본다. 주인공이 쏟아내는 여러 사실과 이해를 넘어 참만남과 진실에 닿기를 바란다. 이는 나와 같은 분야에 있는 사람들이 직업적 소진을 사전에 스스로 알아차릴 수 있는 증거로 삼길 바란다.

심리극에서 희망을 경험하기
심리극 디렉터의 시선으로

Gam zeh ya'avor

현재의 경험이 영원히 지속하지 않을 것이라는 점을 깨닫게 되면 스트레스가 감소하고 즐거움은 증가할 수 있다. 스트레스를 받는 동안 문제가 해결될 미래를 상상하면, 문제를 객관적으로 바라보게 되어 희망을 품고 사기를 고취할 수 있다.

(Folkman & Lazarus, 1980).

"

Gam zeh ya'avor
이 또한 지나가리라.

"

난 희망의 증거가 되고 싶다.

어떤 이가 말했다. 마음의 상처를 받은 사람의 뇌는 마치 신체의 외상을 경험한 사람의 뇌와 양상이 비슷하게 보인다. 우리는 그런데도 마음의 상처를 보이는 상처에 비해 가벼이 여긴다. 사연 없는 사람이 있을까? 살다 보면 누구나 할 말이 있다. 그리고 듣고 싶은 말이 있다. 스스로 잊혀진 기억 안에 간절히 바라는 마음들이 오래되어 마음의 눈이 가려져 있다. 과거에 또는 미래에 마음이 머물 때 우울하거나 불안한 느낌은 가려진 마음을 표면으로 떠오르게 하고 지금 여기에서 마음의 상처에 후유증을 앓게 한다. "사는 것이 바빠서." 이 말은 자신의 욕구를 들여다보지 않는다는 뜻이다. 삶의 우선순위가 뒤로 물러나 이제 나는 없다는 이야기다. 난 언제까지 뒤로 물러나야 할까? 유시민 씨의 말이 가슴에 박힌다. "참, 삶은 허망해요." 시간은 화살처럼 가버리고 자신의 바람도 그렇게 간다. 난 희망의 증거가 되고 싶다. 서진규 작가의 책 제목과 내용은 나의 바람과 가까이에 있다. 슈퍼비전을 받을 때 슈퍼바이져는 나에게 말했다. "너는 구원자 역할을 하고 있구나." 그렇다. 난 심리극 안에서 사람들에게 삶을 다시 살 수 있게 기회를 나누고 있었는지 모른다. 어린 시절 엄마, 아빠에게 바랐던 순간을 심리극 안에서 다시 살고, 슬피 울었다. 원하는 바로 살았다. 난 심리극 안에서 좋은 경험을 믿는다. 마음은 몸과 연결되고 삶으로 보인다. 우리는 그토록 바라는 순간을 살아야 한다. 나는 심리극 안에서 사람들 스스로 다시 살아갈 힘을 바라보게 하고 싶다. 자신이 희망의 증거가 될 수 있게 말이다.

심리극, 마음의 경계를 마주하다.

심리극 디렉터의 시선으로

"

바람은 언제나 당신 등 뒤에서 불고,
당신의 얼굴에는 항상 따사로운 햇살이 비추길

- 아일랜드 켈트족의 기도문

"

우연이었을까? 1년 전 마포구에 있는 모임에서 다시 초대를 받았다. 그때도 오늘도 비슷한 목소리와 표정, 몸짓이 그들이 사는 현실을 말해주고 있었다. '심리극'이라는 낯선 세상을 만나기에 앞서 현실에서 단단히 세워왔던 벽이 나와 그들의 경계를 멀게만 했다. 다행히 우리 사이에 이미 심리극으로 삶을 다른 시선으로 바라보았던 사람들이 길잡이를 해주었다.

희망

　몇 년 전, 심리극 안에서 경험했던 '그 느낌'이 몸으로 경계를 세웠던 사람들에게 손을 내밀었다. 말보다 몸으로 나누는 시간이 깊어질수록 마음이 서로 가까워졌다. 경계로 세워졌던 벽은 바닥에 눕혀져 멀리 떨어져 있었던 현실과 이상 사이를 오가게 했다. 심리극이 끝나고 문을 나섰다. 그들이 집단 안에서 의도치 않게 보였던 마음의 날카로움은 무뎌지고 짧은 말로 마음을 건넸다.

"
좋았습니다.
그리고
미안합니다.
"

심리극, 시작과 끝
심리극 디렉터의 시선으로

시작과 끝

한 해가 지나간다. 처음 그리고 끝자락에서 만나는 표정은 참 다르다. 두 장의 표정이 담긴 사진이 있다면 한 해 동안 바라던 기대가 얼마나 다른지 알게 한다. "그래. 시간으로 경계를 긋고 처음과 끝을 구분 지어 다시 살게 한다." 심리극에서 한 청년이 눈물을 쏟았다. 세상이 원하는 대로 겉과 속을 채웠지만, 자신이 아닌 것을 발견하게 되었다. 이제 시작도 끝도 아닌 벽 앞에 무릎을 꿇고 있었다. 난 심리극 디렉터로 물었다. "당신은 세상의 벽 앞에 무릎을 꿇고 있네요. 잠시 고개를 들어 뒤를 보세요." 그의 뒤 편에는 춤추며 노래하고 웃던 아이가 있었다.

정말 우리가 원하는 것이 무엇일까?

한 가지 역할과 세상이 원하는 기준에 맞춰 정상인, 로봇처럼 살아가야만 할까? 앞으로 로봇과 인공지능은 인간에 가까워져 간다. 반면 사람은 세상의 기준, 틀에 박힌 로봇 같은 인간이 되려 한다. 이제 다시 뒤를 바라본다. 청년들뿐만 아니라 다른 이들에게 삶을 과제와 같이 살기를 강요하지 않아야 한다. 우리 안에는 노래 한가락으로 춤추며 노래하는 아이가 있지 않은가? 로봇과 인공지능은 상상할 수 없는 기운이다. 이제 다시 처음으로 돌아갈 시간이다.

"

흥겨운 몸짓으로 삶을 다시 맞이하자.

"

살면서 배운다는 것은
심리극 디렉터의 시선으로

배운다는 것은

배운다는 것은 두 가지다. 아는 것과 습관이 되어 고치기 어려운 것이다. 두 가지의 배움 중 어려운 것은 후자다. 알고 있으나 마음 한편이 변하기 어려운 부분이다. 어디서부터 잘못된 것일까? 아무리 생각해도 모르겠다. 온 힘을 다해 살고 있지만, 반복해서 일어나는 삶의 문제는 괴로움만 준다.

사람은 평생 살면서 변화를 경험한다. 예상외로 변화를 싫어하지만, 스스로 그 변화의 소용돌이에 자신을 던진다. 우리는 '사랑'이라는 걸 한다. 상대의 매력에 빠져 살다 일상에서 생활로 상대방을 머물게 한다. 그리고 결혼을 한다. 낭만과 열정이라는 사랑 안에서 콩깍지가 벗겨지면 "이건 아니야." 말하고 뒷걸음친다. 이미 늦었다고 생각했을 때 곁에 있는 사람을 본다. 당신이 그토록 원망과 미움을 가진 사람이 보인다. 그 사람은 원 가족이기도 또는 가장 큰 영향을 준 인물이기도 하다. 부모와 큰 영향을 준 인물에게 충족 받지 못했던 것을 연인과 배우자에게 구한다.

누가 말했나. 매력은 결핍이라고.

상대방의 매력을 보며 자신의 부족함을 채워 줄 것을 바라지만, 오히려 그 매력이라 생각했던 모습에 상처를 받고 마음의 문을 걸어 잠근다. 삶을 살아가는데 '콩깍지'라는 무의식적인 면에서 벗어나 알아차림으로 바라보는 일이 필요하다. 한걸음 물러나 무엇인가 의식적으로 바라본다는 것은 그만큼 에너지가 들어가는 일이다. 익숙한 공간에서 오래 머물러 있다가 붉은색 사물을 찾아보자. 평소에 보이지 않았던 사물, 생각, 감정, 느낌이 정교하게 떠오르며 보일 것이다. 이처럼 우리는 상처를 받고 때로 주었던 대상을 바라보자.

> "
> **내가 정말 보고 있는 것은 무엇일까?**
> "

다행히 우리는 살면서 계속 넘어질 것이다. 원해서든, 그렇지 않든 상관없이 말이다. 그런데도 나도 모르게 콩깍지가 있는 삶에 대한 실망과 절망에 머물기보다, 새로운 주의(attention)를 가지고 의도와 노력 안에서 배움을 실천해보자.

심리극 주인공이 말하는 수치심
심리극 디렉터의 시선으로

심리극을 하면서 주인공의 이야기를 듣게 된다. 그중 가장 반복적인 삶의 주제는 '수치심(shame)'이다. 거센 카우프만(gershen Kaufman)은 그의 저서 '수치심'에서 말한다. 수치심은 영혼의 병이다. 이것이 모멸감 또는 굴욕감에서 느낀 것이든, 난관에 성공적으로 대처하지 못했다는 것에서 느낀 것이든 간에 다른 사람이 아닌 자기 스스로에 의해 경험하게 되는 가장 쓰라린 경험이다. 수치심은 내면에서 느끼는 상처로서 우리를 자기 자신과 타인에게 모두에게서 분리한다(gershen Kaufman, shame; 1992;오제은;2006). 심리극 실천가로 주인공의 '수치심'의 정체를 알게 된 것은 그리 오래되지 않았다. 주인공은 심리극 장면 속에서 이를 드러내고 있었다. 그 장면 안에서 누군가가 자신을 하찮게 대했고, 대수롭지 않게 대했다. 감정을 억눌렸던 존재의 경험이 있었다. 이것이 삶을 고통스럽게 하고 있었다. 상처의 중심에서 거짓 자기가 된 아이가 말한다. "내게 무언가 잘못된 것이 있어요.", "나 자신이 실수예요.", "난 잘못된 존재예요."

마음은 가족과 연결된다.
심리극 디렉터의 시선으로

사람은 만남을 통해 성장한다. 성장을 위한 최초의 만남은 '어머니'다. 이 만남의 시작은 가족이라는 이름으로 만나게 되고 관계에서 최초의 얽힘이 시작된다. 나도 그랬다. 나의 자유로운 선택 이전에 이미 가족안에서 질서가 존재했다. 난 장손으로 태어났다. 손이 귀한 자리로 사람들이 나의 행동 하나하나를 귀하게 봐주는 위치였다. 가족 안에서 오고가던 분위기, 사건, 관계들이 역동적으로 몸에 기억되어 있다. 사람은 갓태어나면 스스로 할 수 있는 것이 없다. 이 시기에는 누군가에게 온전히의존해야 한다. 양육을 해주는 대상인 가족이 말하고 행동하는 것은 말그대로 규칙이 된다. 부모는 한 사람이 태어나서 어떻게 살아가야 하는지 자신의 신념을 관계 안에서 끊임없이 영향을 준다. 결국, '부모' 자신의 삶이 또 다른 사람의 삶에 핵심적인 신념을 만들게 한다. 세상은 빠르다.

2010년부터 스마트폰이 대중화되었고, 이세돌과 알파고 인공지능과 인간의 대결도 꽤 지났다. 그 사이에 일상생활에서 크고 작은 변화가 일어나고 있다. 결국, 이러한 변화의 흐름 안에서 새로운 것을 창조해 나가야 하는 것은 아이들이다. 어느 문화권에서나 가장 중요한 존재이다. 미래는 그들 스스로 자신을 어떤 존재로 보느냐에 따라 달라질 것이다. 나를 어떻게 바라보고 인식하냐에 따라 의사결정이 달라지고 행동하게 된다. 오늘날 많은 사람이 말한다. 가족의 위기가 여기에 있다고. 개인의 반복되는 심리적인 주제를 보면 그 핵심은 가족과 연결되어 있다. 주로 부모들의 양육 규칙과 이어져 있고, 오랜 기간 얽혀져 있는 다세대 전수 과정이 중심에 있다.

"

우리는 아이들에게 무엇을 건네주고 있는 걸까?

"

교육에서 평가가 없는 세상이 올 수 있는가?
심리극 디렉터의 시선으로

교육에서 평가는 필수라고 말한다. 비판적 관점으로 말하면 이는 학습자 중심이 아닌 교수자 입장에서 필수다. 교수자가 학습자에게 학습 내용을 학습했다는 근거로 평가를 시행하는 것이다. 교육 의사결정자들의 시스템 구축을 위한 것이지 학습자를 위한 행동 변화에서는 거리감이 있다고 본다. 이는 과거부터 현재까지 계속되고 있는 학습 방식이라 생각한다. 결국 학습 평가 후 등급과 점수로 개인이 나뉘게 된다.

미래 사회에서도 여전히 교육에서 평가를 위한 평가를 할 것이다. 인간의 행위에 성과와 등급, 점수를 매기는 것이 삶의 만족도와 웰빙에 긍정적인 영향을 줄 것인가? "학습이란 인간 행동의 체계적인 변화다."라고 말한 교육자들도 여전히 같은 생각일까?

나는 측정할 수 없는 변화가 우리에게 중요한 메시지를 주고 있다고 본다. 시행착오를 허용할 수 있는 학습환경에서 주관적으로 무엇을 경험했는지 나누어야 한다.

이는 기존에 등급과 점수로 그려진 교육에 새로운 바람을 줄 것이라 기대한다.

"

틀에서 벗어나 세상을 보고 싶다.

"

3장.

내가 선택할 수 있는 또 다른 한 가지

미래에는 마음을 어떻게 사용해야 할까?
심리극 디렉터의 시선으로

심리학을 공부했다. 심리학에서는 마음을 과학적으로 연구한다. 연구한다는 것은 말 그대로 질문을 하고 그 질문에 답하는 과정이다. 그 질문을 합리적이고 타당하게 답하기 위해 많은 선행연구와 연구방법론을 통해 답을 내리게 된다.

실제로 기업가들은 어떨까? 하루에도 끊임없는 상황들, 다양한 사람들과 의사소통하며 의사결정을 해야 한다. 말 그대로 순간순간의 판단과 결정이 기업의 생존과 연결되어 있다. 주말에도 쉬지 않고 마음은 이미 사무실에 있는지도 모른다.

그러나, 우리 마음의 에너지는 한정되어 있다. 백이면 백 한정되어 있다. 그 한정된 에너지를 어떻게 사용하냐에 따라 업무효율성과 성과도 달라질 것이다. 우리는 정해진 에너지로 원하는 목표를 달성하기 위해 무엇을 하고 있을까? 사내 시스템, 위계 구조, 직원 간의 소통, 직무능력, 리더십 등 다양한 변화를 시도하고 있다.

　난 심리치료사로 활동하면서 다양한 연령, 직업군, 지역, 분야의 사람을 만나왔다. 특히, 기업에서 그들이 원하는 변화는 '하나'였다. 바로 성과다. 말 그대로 성과도 하나로 표현하기 어려울 것이다. 대표가 생각하는 성과와 직원들 간에 생각하는 성과는 객관적 지수와 눈으로 보이는 현상과는 차이가 있을 것이다. 참 안타깝게도 로봇과 인공지능이 인간의 자리를 하나씩 차지하는 이 순간에도 끊임없이 성과를 위해 노력하고 있다. 마치 말을 탄 사람이 KTX를 탄 사람을 이기려고 하는 것처럼 열심히 노력하고 있다. 불가능한 성과를 위해 노력을 하고 있다면 원치 않는 변화를 어서 직면해야 한다.

매번 해왔던 규칙, 구조, 패턴대로 한다면 무슨 일이 일어날까? 그 과정에서 각자 위치와 역할에서 잘 기능해온 강점이 분명 존재할 것이다. 상황과 조직 구성원의 요구에 맞지 않는 역기능적인 규칙이 있다면 변화해야 한다. 이럴 때일수록 우리는 어떻게 마음을 사용해야 할까? 보통 조직이 변화를 시도할 때마다 오히려 뒤로 돌아가는 상황, 사람들이 존재한다. 우리는 변화 자체보다 그것이 당장 가져올 마음의 움직임이 우리를 수동적으로 만들기도 한다. 변화하기 위해 각자 새로운 역할을 맡아야 하고 무엇인가 해야 하고, 알지 못하는 책임을 져야 한다. 두렵다. 불안하다. 누군가에게 자신이 알지 못하는 모습을 드러내야 한다. 이는 얼음처럼 우리를 굳게 만든다.

여러 번 변화를 시도했음에도 불구하고 달라지지 않을 때 우리는 낙담하고 좌절한다. 슬퍼지고 우울해질 것이다. 알지 못한 상황으로 인해 몸과 마음이 상처를 입으면 오랫동안 새겨진 흠집에 두려워하고 불안이 시시때때로 올라온다. 무엇인가 하지 않고 그대로 두면 마치 실패자처럼 느껴질지도 모른다. 지금처럼 변화를 당면했을 때 보이는 마음의 현상은 자연스러운 반응이다. 미래라고 해서 우리의 마음의 본질은 크게 달라지지 않을 것이다. 두려움, 분노, 슬픔, 수치심, 불안. 우리가 피해야 할 마음의 소리가 아니다. 마음은 몸과 연결되어 있다. 우리는 일을 할 때 단순히 몸만으로 일하지 않는다. 마음으로, 몸으로 일한다. 그래서 누군가가 힘들게 일하고 있으면 '애쓴다.'고 표현하는지도 모른다. 몸이 힘들 때는 마음이 힘들어지고, 마음이 힘들어지면 몸이 아프다.

이것은 자연스러운 이치이다. 주변에 몸이 힘들어하는 이가 있으면 마음을 헤아려주고 달래주어야 한다. 다만, 사람마다 마음의 거리는 다르기 때문에 상대방에게 물어봐 주면 더욱이 좋다. "당신이 얼마나 힘든지 함께 일해 오면서 보아왔으나 지금 그 마음을 같이 나눌 수 있나요?"

감정은 몸과 연결되어 있다. 누군가가 나를 헤아려주고 달램이 있다면 몸이 느슨해지고 마음도 안도감이 들것이다. 여전히 조직에서 주어진 상황과 성과에 대한 부담, 책임감 등이 억눌려 있을지 모른다. 다만, 그 긴장감으로부터 끌려가는 것이 아닌 누군가가 지지, 협조, 조화를 해주는 분위기에서 주도적으로 하나씩 수행할 수 있을 것이다. 이 과정은 마치 사람이 사람을 돌보는 과정과 같다. 마이어오프(mayeroff, 1990)는 돌봄의 효과에 대해 다음과 같이 묘사했다. "아마도 다른 무엇보다 용기를 주는 것은 나를 돌봐주는 사람이 내가 성장한 것에 대해 감격하고, 진심으로 기뻐하고 즐거워한다는 것을 알았을 때일 것입니다."

그렇다. 조직이라는 집단도 결국 탄생-성장-변화-쇠퇴의 과정을 경험한다. 이 변화의 과정을 경험하면서 조직원이 서로에게 돌봄을 제공하는 것이 집단의 성장과 연결되어 있다고 생각한다. 조직원이 조직을 사랑하고 그 안에서 성장 경험을 한다는 것은 그 안에서 진정으로 존중받고 자신이 가치 있는 존재라는 사실을 느낄 때이다. 조직 문화에서 조직원과 끊임없이 가치 있는 감정을 경험하도록 시도해보자.

"

지금-여기에서

"

나이를 보여주는 그림자
심리극 디렉터의 시선으로

"나이가 들면 어쩔 수 없이 과거의 실패에 대한 두려움이 쌓이게 된다. 어렸을 때는 겁 없이 과감하게 시도해보던 것도 나이가 들면 실패가 두려워 안정적인 것만 찾게 된다. 이러한 것들이 바둑에 부정적인 영향을 끼치는 것 같다." 인공지능 알파고에 유일하게 한 판을 이겼던 '이세돌'이 한 말이다. 나이는 일상에서 중요한 변화를 주는 부분이라는 것에 공감한다. 다르게 보면 '나이'는 자신의 한계를 알게 하는 부분이다. '나이'는 주어진 힘을 적절하게 쓰고 살아가게 한다. 오히려 '무리'하면 몸이 금세 말한다.

"

쉬라고.

"

나이가 주는 오르막, 내리막이 있어 지금 여기를 알아차리게 한다.

심리극 디렉터도 발달 과정이 있을까?

심리극 디렉터의 시선으로

오랫동안 한 분야를 관심 두고 머물다 보면 사람들을 만나게 된다. 나는 '심리학(psychology)'과 '심리극(psychodrama)'을 긴 시간 동안 관심을 두었다. 나의 심리극의 삶을 사람의 발달과정으로 비추어 본다면 유아기를 넘어 사춘기로 향하고 있다. 영유아기 때는 내가 너인지, 네가 나인지 구분이 안 되는 자폐적 발달 시기다. 그러다 보니 이 시기에는 누군가에게 의존하는 것이 일상이다. 의존하는 그 대상의 관계가 어떤지에 따라 자신, 타인, 세상을 신뢰하고 안전함을 경험하게 된다고 본다. 심리극을 처음 알고 자랐던 디렉터의 발달과정도 비슷하지 않을까?

최초의 심리극 부모

나의 심리극 부모는 누구일까? 대학 동아리에서 심리극을 가르쳐주었던 대학 선배들로 생각해볼 수 있겠다. 지금 생각해보면 그들도 아직

부모가 될 준비가 되어 있지 않았다. 잘 모르고 미숙했다. 한 사람을 양육하는 과정에서 부모는 최선을 다했다고 말하지만, 그 과정에 있어서 시행착오가 있었다고 본다. 그 안에서 상처를 받기도, 위로를 기대하기도 했었으나 '심리극의 세계에서 내가 누구인지, 무엇을 잘하는지 발견하지 못했다.' 여전히 헤매고 있었다.

두 번째 심리극 부모를 만나다.

나의 두 번째 부모는 수련감독자이다. 수련감독자는 보통 심리극 전문교육과 학회 활동을 하다 보면 만나게 된다. 나보다 이미 오래 전부터 심리극을 배우고, 실천해왔기에 몸과 마음을 내어놓고 마음을 나누게 되었다. 최근 한국 사회에서는 부모교육이 조금 더 보급되고 있다. 주변에 있는 '청소년상담복지센터' 라든지, '건강가정지원센터', '다문화가족지원센터'에서 부모가 된다는 것은 아이를 낳으면 되는 존재가 아니라 스스로 부모의 역할을 학습할 필요가 있다는 사실을 명확히 안내해준다.

부모도 교육이 필요하다.

부모교육의 이론과 방법에는 대상관계이론을 활용한 대상표상과의 관계를 이해하기, 부부 관계 치료를 활용한 이마고 주제를 해소하여 자녀 관계를 이해하기, CBT(인지행동치료), REBT(합리적 정서 행동치료) 등 인지, 정서, 행동을 변화시켜 행동의 양식, 신념을 변화시키기 등 다양한 방법들이 있다. 나의 수련감독자는 심리학을 전공하여 다양한 이론적 배경을 가지고 있다. 그러다 보니 심리극을 사례개념화하여 안전하고 예측 가능한 범위 내에서 주인공이 해결하지 못했던 미해결과제를 행위적으로 재경험할 수 있게 안내한다.

심리극의 부모와 같이 살아가다.

나는 심리극 부모 곁에서 그가 살아가는 모습을 비추어 보고 모방을 해왔다. 그의 목소리, 몸짓, 사고방식, 태도 등을 보면서 안정감을 경험하며 '무엇인가를 할 수 있다.'는 생각이 들었다.

심리극 디렉터로 살아오면서 이제 사춘기가 되었다. 부모가 바로 옆에서 돌봄과 욕구를 충족시켜주지 않아도 당장 불만족이 생기지 않는 시기다. 그래도 부모가 곁에서 적절한 모델링과 비계(scaffolding : 아동이나 초보자가 주어진 과제를 잘 수행할 수 있도록 유능한 성인이나 또래가 도움을 제공하는 지원의 기준이나 수준)는 필요하다. 부모와 심리적인 거리가 생기면서 부모의 모습을 바라볼 수 있게 되었다. 그의 시행착오, 방법론, 태도, 가치관 등 배우고 싶은 면도 있으나 다른 면으로 변화를 주고 싶은 부분도 발견되는 시기다. 이 시기에 동료들, 다른 부모의 모습 속에서 새로운 면들을 본다. 부모와 자신을 거리를 두고 바라보면서 다른 면을 보게 된다.

" 나는 누구인가? "

심리극 디렉터로 성장하면서 심리극의 부모와 애착(Attachment : 부모나 특별한 사회적 인물과 형성하는 친밀한 정서적 유대)을 경험했고, 이제 분리(Separation : 아이가 어머니와의 공생적 융합(symbiotic fusion)에서 벗어나는)를 바라보게 된다. 분리의 시기 이전과 이후를 어떻게 경험하느냐에 따라 부모가 내 곁에 있지 않아도 자신, 타인, 세상에 안정감을 경험하고, 여전히 그들이 내 곁에 있다고 느끼게 된다. 발달심리학에서는 이를 대상 항상성(Object Constancy)으로 설명한다. 중요한 정서적 애착의 대상이 눈에 보이지 않을 때도 여전히 존재하며, 연결되어 있다고 느끼는 심리적 상태이다.

누군가의 부모가 된다는 것은

결혼하고 아이를 낳으면 부모가 된다고 말한다. 사회적 역할로는 부모가 되어 있을 것이다. 그냥 엄마, 아빠가 아닌 그 역할을 잘 수행할 수 있는 부모가 되고 싶다. 심리극의 부모가 되기 위해서 자격증만 가지고 있는 부모가 아니라 돌봄과 욕구를 잘 바라보고 적절한 거리 안에서 자율성을 부여해주고 싶다. 참 어려운 일이고 과거의 나의 부모가 보여준 모습이기도 하다. 부모는 참 어렵지만, 삶을 폭넓게 한다. 부모가 된다는 것은 자기 중심성에서 벗어나 세상을 이롭게 할 수 있다고 믿는다. 그러기 위해서는 내 안에 마음을 우두커니 바라볼 필요가 있다. 오늘도 더디지만, 난 한 걸음을 내디딘다. 가수 양은희 씨의 노래로 글을 마무리한다.

"

공부해라. 아냐 그건 너무 교과서야.
성실해라. 나도 그러지 못했잖아.
사랑해라. 아냐 그건 너무 어려워.
너의 삶을 살아라.

"

수용전념치료, 그리고 심리극
심리극 디렉터의 시선으로

　오늘 하루를 살면서 가장 무겁게 다가온 것이 있다. 가정을 책임지고 한 달, 한 달 살아오는 시간이다. 내일의 희망도 가져야 하지만, 정작 오늘, 내일 살아가야 하는 현실과 줄어들지 않는 걱정이다. 걱정 없이 사는 사람이 어디 있겠는가? 있는 자, 없는 자 모두 하는 것이 걱정이라고 말했다. 내가 살아오면서 보았고, 들었던 가장들의 슬픈 하소연이 있다. 현실에서 주는 불안과 우울이 몸과 마음을 짓눌리게 한다. 그래서 그들은 현실을 외면하거나 어떤 대상에 매달리며 사는 것 같다. 중요한 사실은 지금의 삶은 피한다고 해서 피해지지 않고, 매달린다고 해서 해결되지 않는다. 어떤 이는 폭력을 행사하며 술과 게임, 포르노, 도박, 섹스, 쇼핑, 인간관계를 탐한다. 이로 인해 일어나는 곤혹스런 갈등에 다시 끌려 다니며 피한다. 마음은 뒤섞여 구분할 수 없고 무지하고, 이 상태가 반복되면 때로는 왜곡되어 눈을 뜨고 있지만 사리를 분별하지 못하게 된다. 난 무엇을 원하는가?

탐(貪)하는 것이 나에게 도움이 되는가? 사람들이 탐하는 것에는 폭력, 과음, 과몰입 게임, 포르노, 도박, 무분별한 섹스, 쇼핑 등이 있다. 진(瞋)하는 것이 나에게 도움이 되는가? 탐에서 일어나는 갈등을 피하거나 끌려 다니는 것이다. 치(痴)되어 있는 것이 나에게 도움이 되는가? 탐과 진이 반복되어 인지왜곡, 흑백논리, 파국화, 선택적추상화 등으로 이해할 수 있다. 건강한 아버지, 어머니. 즉 건강한 가장이 되는 일은 매우 어려운 일인 것 같다. 과거의 상처와 현실의 생존 안에서 문제를 해결해 가며 살아가는 일은 마음이 깨어있지 않으면 매순간을 고통으로 지각할지도 모른다. 눈앞에 있는 것을 탐한다고, 갈등을 피하고 끌려 다닌다고 해서 삶은 달라지지 않는다. 오히려 삶이 왜곡되고 삶이 비틀어지게 될 뿐이다. 눈을 뜨고 앞을 보자. "하늘은 스스로 돕는 자를 돕는다." 원하는 일, 조건, 유지하고 싶지만 쉽게 사라지고 원하지 않은 것은 끊임없이 찾아온다. 우리의 삶의 괴로움은 정상이다. 피할 수 없다. 이런 관점을 보면 괴로움은 찾아서 없앨 것이 아닌 삶의 동반자. 지금까지 내담자에게 관찰되었던 괴로움은 삶에 중요한 요소로 작용하고 있을 것이다.

"

고통, 괴로움을 없애는 것이 아니라 어떻게 삶의 가치로 가져갈 것인가? 기꺼이 경험하기로 살아갈 것인가?

"

사이코드라마를 만든 제이콥 레비 모레노도 말했다. 인간은 누구든지 문제들을 갖고 있지만, 문제가 없이 정상적으로 되려는 몸부림으로 삶을 살아가려 한다. 이를 정상증(Normosis)으로 표현했다. 첫 번째 화살을 피하려 하다 두 번째 화살을 맞는 꼴이다. 주인공이 지금의 삶에서 문제라고 말한 인지, 정서, 행동, 관계, 신체 문제를 거울기법(mirroring)을 통해 바라본다. 지금, 이 순간 주인공에게 삶이 흘러 (Accept) 들어오게 한다. 주인공은 고통을 더 피하지 않고 바라보면서 지금 이 순간 진짜 경험해야 하는 것을 선택(Choose)하게 한다. 미해결된 충분한 경험을 행동(Take Action)으로 시도해본다.

수용 : 자신을 힘들게 하는 현재의 외적 상태에 머무는 것이 아니라 이미 일어난 일과 그것에 대해 원치 않는 반응을 받아들이고 지긋이 그 느낌에 머물러 있음으로써 상황을 변화시킬 힘을 얻는 것이다.
기꺼이 경험하기 : 싫어하는 경험을 두 팔을 벌리고 맞이하고, 고통 속을 뛰어 들어가는 것이다. 망가지지 않게 손에 조심스럽게 꽃을 들고 있듯

이 고통을 품고 있고, 우는 아이를 끌어안듯이 고통을 끌고 안는 것이다. 많이 아픈 사람들과 함께 앉아 있을 때처럼 고통과 함께 앉아 있고, 아름다운 명화를 바라보듯이 고통을 바라보는 것이다. 우는 어린아이들과 함께 걷듯이 고통을 함께하며 심호흡하듯이 고통과 함께하는 것이다.

내가 선택할 수 있는 또 다른 한 가지
심리극 디렉터의 시선으로

나는 살면서 사람들과 얼마나 만나고 헤어질까? 가장 가까이에는 가족들이 있다. 이들과의 관계는 내가 선택할 수 없다. 만남도 헤어짐도 선택할 수 없다고 생각한다. 말 그대로 피로 맺어진 관계다. 학창시절의 관계는 선생님과 친구, 선배, 후배가 있다. 이들은 뜻하지 않게 만나게 된 사람들이다. 이때부터는 선호도(preference)에 따라 관계가 가깝거나 멀게 된다. 교육이라는 제도권 아래 이해관계가 얽히면 더욱 관계는 복잡해진다. 누군가는 피라미드 계층처럼 이해득실로 관계를 보기도 한다. 사회에 나오면 관계망(network)은 더욱 복잡해진다. 기존에 맺어진 관계와 그 관계를 유지하려는 욕구가 충돌하는 것으로 보인다. 마치 가족을 부양하는 가장이 원치 않는 직장 인간관계를 적절히 유지하려는 모습도 이와 같지 않을까?

나의 네트워크망을 보자. 가족처럼 어쩔 수 없이 맺어진 관계를 제외

하고 스스로 관계망을 중재하는 편이다. 오래된 직장을 그만두면서 가장 좋았던 것은 인간관계망을 스스로 선택할 수 있는 사실이었다. 사실, 개인사업을 해도 직장 내에서 완벽히 관계망을 조정하는 것은 불가능하다. 그런데도 의사 결정의 주도권은 나에게 있다고 본다. 심리치료사인 '일자 샌드'는 자신의 저서 센서티브에서 말했다. 남들보다 민감한 사람들(The Highly Sensitive People)은 대개 까다롭고, 비사교적이고, 신경질적인 사람으로 여겨진다. 이런 사회적 압박과 시선 때문에 민감한 사람들은 자신의 특별한 능력을 인지하지 못한 채 살아간다. "남들처럼 사는 법을 배워야 한다."는 주변 사람들의 말에 스트레스를 받고, 압박과 부담감을 이기지 못해 불안, 우울, 자살의 위험에 이르기도 한다.

나는 심리극 실천가로 살면서 알았다. 내가 얼마나 민감성이 높은 수준인지. 마인드온(Mind-ON)이란 브랜드 이름을 붙인 가장 큰 이유도 살면서 우리가 스스로 선택할 수 있는 것이 별로 없기 때문이기도 하다. 그런데도 삶을 선택할 수 있음을 포기하지 않을 것이다.

　기질적으로 '민감함'은 "고쳐야 할 대상이 아니라 개발해야 할 대상
이다."라고 일자 샌드가 말했다. 이처럼 스스로 적절한 경계를 만들면
좋겠다. 때로는 인간관계망처럼 조정하고 제안할 수 있는 것만큼은 선
택할 수 있어야 한다고 본다. 우리는 진정한 선택 안에서 삶을 주도할
수 있게 된다.

스타트업, 돈이 없다는 것은
심리극 디렉터의 시선으로

스타트업의 목적이 돈이 아니라는 것에 대부분 고개를 끄덕인다. 그러나, 업을 가지려는 사람들은 왜 돈이 없어 일하지 못한다는 말이 나오는 걸까? 나는 처음부터 돈이 없었다. 0에서 1을 만든다는 스타트업의 태도를 쉽게 이해했다. 초등학교 시절, 버스를 타면 20분 정도 가야 하는 거리를 걸어야 했다. 보도블록에 피어 있는 민들레, 코스모스, 잡초, 돌무더기가 눈에 흔히 들어왔다. 돌맹이가 발에 치일 때면 돌을 발로 찼다. 태어나서 학창시절 내내 24번의 이사를 해야 했다. 오랜 시간 동안 함께한 벗도 없었다. 전학을 가서 낯선 교실, 선생님, 친구들을 만날 때면 불안한 내색이 붉은 얼굴로 드러나곤 했다. "어떻게 하면 빨리 친밀하게 가까워질 수 있을까?" 초등학교 시절 자주 들었던 고민이었다. 학원이나 과외는 어림도 없었다. 특히 산수가 꽝이었다. 그래도 과제는 참 잘했다. 과제를 하기 위해 필요한 건 '전과'다. '전과'를 저렴하게 사기 위해 지금은 사라진 전주 홍지서림 뒷길에 있던 중고서점에서 사장님과 협상 전을 가졌다. 특별활동 시간에 보이스카우트를 하고 싶었다. 그 또한 할 수 없었다. 대신 집 근처에 있는 산에 올라가 친구들과 나무를 타고 소리를 질렀다. 직접 아지트도 만들고 라면도 끓여 먹었다. 근처 저수지 주변에 있는 낚싯줄과 바늘을 이어 물고기를 잡았다. 중학교 시절, 차상위 계층이라는 꼬리표가 내내 붙어 있었다. 학교에 내는 돈을 면제받기 위해 동사무소에 찾아가 서류를 준비해야 했고, 교무실에 담당 선생님에게 내 처지를 직접 말해야 했다.

돈이 없어도 내가 원하는 것을 가지려면 어떻게 하는지 끊임없이 고민했었다. 나에게 없는 것에 주의(attention)를 기울이는 것이 아닌, 현재 가지고 있는 것에 마음을 기울였다. 나의 자원이 무엇인지 주변 환경을 어떻게 조정하고 중재할 것인지가 중요했다. 나와 타인과의 관계에서 서로 원하는 것을 갖는 것은 참 어려운 일이다. 상대방의 이야기에 경청하지 않으면 서로가 내주어도 좋은 영역을 알기 어렵다. 이때 마음이 비어있지 않으면 채워지지 않는다. 나는 각자 상대에게 내어준 영역에서 새로운 가치가 일어나고 무엇인가 발견할 수 있다고 믿는다. 돈이 없기 때문에 할 수 없다는 말은, 돈이 있어도 할 수 없다는 말과 같다. 아무것도 가지지 못한 사람은 없다. 우리는 삶의 경험과 환경을 조정, 중재하면서 오직 0에서 1을 만들 수 있다고 생각한다. 당신의 삶은 이미 좋은 상태이다.

"

하늘은 스스로 돕는 자를 돕는다. 스스로 말하라.

"

사람, 그 만남의 시작에서
심리극 디렉터의 시선으로

사람의 만남에는 접촉이 있다.

영화「더 클래스」는 프랑스의 선생님과 중학생들의 모습을 보여준다. 학기 초에 선생님과 학생이 교실에서 만나는 순간이 가장 인상적이다. 선생님들은 서로 간담회와 과자 파티로서 인간관계를 만들어가는 모습이 있었다. 반면, 학생들은 프랑수아 선생님이 복도에서 가벼운 인사와 이름표를 직접 만드는 것이 상호간에 공식적인 관계의 시작이었다. 발달심리학에서는 사람의 만남에는 접촉이 있다고 본다.

만남은 접촉이다.

이 접촉과 관련된 흥미로운 실험이 있다. Harlow의 실험 새끼원숭이들에게 두 개의 어미가 있다. 먹이를 주는 철로 된 어미와 포근한 솜으로 된 어미가 있다. 새끼원숭이는 먹이를 주는 어미에게서는 먹이만

먹었고, 대부분의 시간은 포근함과 따뜻한 접촉을 할 수 있는 어미와 함께 지냈다. 나는 이 실험을 왜 흥미롭다 본걸까? 인간관계에서 접촉이 주는 의미는 낯선 상황에 놓여 있고 낯선 사람들과 만날 때 관계의 미숙함이 있다면 애착대상에게 더 매달리고 접촉하려고 하는 것인데, 이는 대상과의 애착관계를 통해 편안한 느낌을 회복하기 위해서이다. 나는 학생들이 프랑수아 선생님에게 정서적 접촉을 요구하는 것으로 보았다. 한 학생은 이름표를 만들라는 선생님의 말에 "우리 작년에 만났잖아요?"라고 말했다. 프랑수아 선생님은 "새로운 학생들이 있잖아."라고 하며, 다시 이름표를 제작하라고 이야기했다. 이때 학생들의 정서적인 접촉의 요구로부터 프랑수아 선생님은 뒤로 물러난 모습처럼 보였다.

누구의 눈으로 보아야 할까?

이들의 삶을 은유적으로 보여준 장면이 있다. 에스말라다가 프랑수아 선생님의 요청으로 읽었던 안네의 일기가 있다. 그 일기로 보면 '학교'라는 환경(나치) 안에서 학생(안네)들은 저항과 문제행동처럼 보일 것이다. 안네(학생)가 작은 방에서 일기에 글(저항)을 남기듯이 말이다. 나치에게는 유대인인 안네가 숨어있는 적으로 보이겠지만, 안네는 그저 13살 소녀일 뿐이다. 2018년 5월 16일, 안네의 일기에서 숨어 있는 2페이지를 최신기술로 복원을 했다. 그 복원한 페이지에는 성장기 아이들 사이에서 있을 법한 성행위에 대한 묘사, 성매매 등에 대한 야한 농담으로 가득했다. 영화「더 클래스」에서 보인 청소년들의 행동은 세상의 눈과 학교 시스템의 눈에는 문제행동이지만, 발달심리학적인 관점으로 보면 전형적인 10대 청소년의 자연스러운 모습으로 생각된다. 영화 마지막 장면에서 보여 준 것처럼 흩어져 있는 의자, 선생님과 학생이 서로 어우러져 운동을 하는 모습이 보인다.

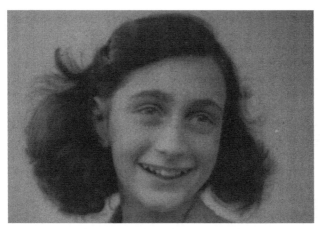

ⓒ Anna Frank Fonds - Anna Frank

결국, 우리는 사람이 가지고 있는 다양성과 관계 안에서 서로가 원하는 것에 가까워 질 수 있다고 본다.

4장.

나는 심리극을 사랑하고 있을까?

누구와 언제 어디에서,
무엇으로 연결될지 아무도 모른다.
심리극 디렉터의 시선으로

　　나는 심리학을 전공하던 대학생 시절을 기억한다. 다양한 응용 분야에 관심을 기울이기 위해 전국에서 열리는 학회, 전문교육에 찾아다녔다. 참여비를 벌기 위해 여러 아르바이트를 했었다. 나는 주말에 심리극 전문가 교육과정에 가거나, 여러 학회에서 열리는 워크숍, 정기 학술대회에 참여했다. 그중에 기억에 남는 교육이 있다. 한림대학교 성심병원(평촌)에서 심리학 전공자를 위한 치매 전문교육이 있었다. 한국임상심리학회와 한림대학교 고령 친화 전문인력육성사업단(GOAL-NURI) 주최로 진행되었다. 여기에서는 치매를 임상적으로 평가하거나 치매의 종류와 특성을 이해하고, 신경심리학적 평가를 배우는 시간도 있었다. 그 이후에도 임상심리학에 관심을 가지며 여러 교육을 받았지만, 참 어려웠다. (학부생으로서 이해되지 않는 지식이 많기도 했다.)난 임상심리학자의 길을 포기했다.

최근에 좋은 소식을 들었다. 치매국가책임제. 치매 의료비 90%를 건강보험으로 보장하는 내용을 골자로 한 문재인 대통령의 정책. 문재인 대통령이 2017년 대선 기간 중 내건 공약으로, 치매 문제를 개별 가정 차원이 아닌 국가 돌봄 차원으로 본다는 정책이다. 이 정책 전에도 2012년 전부터 '중앙치매센터'가 있었다. 이곳은 한국형 치매 서비스망 구축을 통한 치매 인식 개선 및 치매 대처 역량을 제고하고, 선도적 연구 개발을 통한 치매 극복 기반 구축을 위해 노력하는 기관이었다. 현 정권이 '치매'에 대해 더 적극적으로 나서면서 전국에 광역치매센터 역할이 더 커진 것으로 생각된다.

한 광역센터에서 치매 가족을 위해 심리극(Psychodrama)을 요청했다. 광역센터가 운영하는 치매가족카페는 치매국가책임제 시행으로 전국 시·군·구에 설치된 치매안심센터 내에 있으며 치매 환자와 가족, 지역주민에게 치매 관련 정보를 제공하고 부정적 인식을 개선하기 위해 힐링프로그램과 심리치료, 노래 교실 등을 운영하고 있다고 한다. 신이 있다면 이미 나의 직업적인 역할을 위해 10년 전에 큰 그림을 그려놓았던 걸까? 할머니가 돌아가신 지 2년이 되었지만, 그때의 애도와 상실감을 제천과 경주에 있는 어르신들과 만남을 통해 회복하게 도왔다. 그 후로 3년 동안 꾸준히 60대에서 80대 어르신들을 꾸준히 만나고 있다. 그들의 삶을 주의 깊게 바라보았던 나는 치매 가족을 위한 심리극이 참으로 의미가 있다.

"

사람, 장소, 시간은 언제 어디에서 연결될지 아무도 모른다.

"

나는 믿는다. 우리가 '참만남' 하기 위해 가능성으로 가득한 자발성
을 열어놓고 삶을 창조성으로 가득 채울 때 삶은 조금씩 변할 것이라고.

사람들이 계절이라면

심리극 디렉터의 시선으로

한 아이에게 물었다. "주변 사람들이 아파하거나 힘들어하는 모습이 보이는데 어떠니?" 아이는 "그냥 알아서들 하겠죠." 라고 말하며 고개를 다른 곳으로 돌렸다. 나는 말했다. "마치 사람은 계절과 같다고 생각해. 우리가 계절이 달라질 때마다 내 마음과는 상관없이 꽃이 피기도 하고, 비가 오기도 해. 그들의 변화가 나와는 정말 상관없는 걸까?" 아이는 나지막한 소리로 이야기했다. "그들이 지금보다 편안해졌으면 좋겠어요." 나는 "그럼 **보여줄래?**"라고 말했고. 아이는 좁은 걸음으로 다가가 쓰러져 있는 사람들을 일으켰다.

"

마치 사람은 계절과 같다고 생각해

"

가족치료사가 말하는 건강한 가족, 그리고 애도
심리극 디렉터의 시선으로

살바도르 미누친(Salvador Minuchin)은 1970년대 모든 가족치료 접근법 중에 가장 강력한 영향력을 가져온 '구조적 가족치료' 이론을 개발했다. 그는 "가족을 재구조화하면 내담자의 행동과 내면 심리과정 그리고 문제와 증상이 변화할 수 있다."고 말했다. 내가 그를 알게 된 것은 2014년 1월이다. 심리극 수련 과정에서 그의 저서 '가족치유'를 통해 구조적 가족치료 이론을 학습했다.

나는 그의 이론을 바탕으로 '가족'이라는 구조에서 개인의 마음을 보고 가족 구성원의 위치, 역할, 기능을 다르게 경험하도록 시도했다. 그는 가족 안과 밖에서 많은 어려움이 있다 해도 당황하지 않고 긴장을 잘 극복하고 가족 구성원 간의 지지, 조화, 협조로 새로운 상황에 적응하며 긴장 없는 상태를 유지하라고 했다. 이를 기능하는 가족이라고 보았다. 나는 우연히 위키피디아에서 그를 검색했다. 2017년 10월 30일 작고했다는 사실을 알게 되었다. 1921년에 태어나 97세를 살아간 살바도르 미누친. 뉴욕시 외곽에서 비행청소년과 어려운 가족들의 삶의 변화를 위해 끊임없이 헌신한 삶이 더욱 빛을 나게 한다. 나는 실제로 그를 만난 적은 없지만, 사진 속에 맑은 눈망울이 그를 그립게 한다.

"

그를 애도한다.

"

© Salvador Minuchin. - The Minuchin Center for the Family

나는 심리극을 얼마나 사랑하고 있을까?

심리극 디렉터의 시선으로

오늘의 나는 어제의 나를 온전히 기억하고 있을까?

기억은 '거짓말'을 할 때가 있다. 이 말이 오늘을 살아가는 나에게 위로가 된다. 많은 것을 기대어 살아가는 기억이 예측하기 어려운 상황을 만나면 왜곡되고 억압된다. 그 과정에서 내가 기억하는 건 그래서 온전하지 못하게 된다. 예전에는 옳았다고 생각한 것들이 그러지 못하기도 한다. 완벽하지 못하고 불안정하고 예측하기 어려운 삶의 조각으로 만들어진 나. 그래서 나는 내일을 다시 살아간다. 나는 오늘을 살아가는 내가 어제의 나를 기억하기 위해서 삶을 기록 하게 되었다.

나는 심리극을 얼마나 사랑하고 있을까?

심리학에 관심을 기울였던 사람이라면 모두 아는 사람이 있다. 지그문트 프로이트이다. 그는 "사랑과 일, 이 두 가지가 균형을 이룰 때 삶은 살만하다."고 말했다. 나는 심리극을 사랑한다. 그 이유는 간단하다. 심리극을 만나고 내 삶이 달라졌기 때문이다. 나는 심리극에서 주인공 경험을 하면서 과거에 있었던 상처를 만날 수 있었다. 이후 심리극 실천가로 다시 살아가면서 주인공이 가지고 있는 마음의 상처로부터 다시 살아갈 수 있게 기회를 나누면서 나 또한 성장할 수 있었다. 나는 심리극에서 사랑받고 사랑을 나누는 법을 배울 수 있었다.

통증이 없다고 해서 행복한 것은 아니다.

심리극을 사랑하면서 과거로부터 자유로워졌다. 자유로워졌다는 것이 완전히 치유되었다는 것은 아니다. 사람들은 오해한다. 상담과 심리치료를 하게 되면 통증이 없는 일상을 살아간다는 것으로 생각한다. 착각이다. 잘못 알고 있다. 세상에 피로, 고통, 통증, 좌절이 없는 삶은 없다. 일상을 살면서 일어나는 피로감과 통증, 좌절이 있지만, 그저 바라볼 뿐이다. 거기에서 허우적거리지 않는다. 그것이 나의 전부가 아니기 때문이다. 과거의 상처는 이미 경험했다. 어린 시절 상처받은 나는 여전히 그 자리에 있다. 지금 밥을 많이 먹는다고 한들 30년 전 배고픔을 어떻게 채울 수 있을까? 대부분 사람은 통증만 없으면 행복할 수 있을 것으로 생각했다. 하지만, 아니다. 날씨가 흐려도 우리는 우산을 쓰고 그런 날을 즐겨야 했다.

이것이 삶의 전부가 아니다.

나는 요즘 많이 일상이 버겁다. 음식을 많이 먹어서 배부른 것처럼 속이 더부룩하다. 학생, 남편, 아버지, 아들, 처가 관계, 가장 등 여러 삶의 역할이 삶의 무게로 다가온다. 롤러코스터처럼 오르락내리락 예측하기 어렵다. 괜찮다. 이 또한 삶의 한 부분이다. 삶의 전부가 아니다. 멀리에 있는 첨성대도, 구름, 산을 보기도 하고. 가까이에 있는 핑크뮬리도 본다. 나의 마음의 시선을 자유롭게 선택할 수 있다는 것은 참 행복한 것이다. 살아있기 때문에 가능하다. 너무 마음이 무거워졌을 때일수록 호흡을 가볍게 돌려야 한다. 사랑하는 심리극이 나에게 준 큰 선물이다.

상담으로 마음을 치유할 수 있을까?
심리극 디렉터의 시선으로

나는 빗물을 더는 맞고 싶지 않아요.

사람들은 물어본다. "상담으로 일상을 예전으로 회복할 수 있는가?" 자신에게 아무런 일이 일어나지 않았던 것처럼 살고 싶다고 말한다. 상담을 배우고 실천하는 상담자에게 그런 능력이 있을까? 마술처럼 비가 와도 옷이 젖지 않고 기분도 무겁지 않게 되길 바라는 걸까? 사람은 일상을 살면서 시간, 장소, 사람을 경험한다. 좋은 경험과 나쁜 경험 안에서 삶을 살아왔다. 누구나 고통보다는 즐거움을 원하기 때문에 지금의 통증을 피하고자 쉬운 선택을 한다. 마음은 여기에서부터 얽히기 시작한다. 통증을 일으키는 상황을 피하고자 해왔던 것을 떠올려 보자. 무엇인가 과도하게 매달리거나, 반대로 피했던 것이 새로운 좌절을 일으킨다. 첫 번째 화살을 피하기 위해 오히려 두 번째 화살조차 맞은 격이다. 이 상황에서 상담자는 마술사도 해결사도 아니다.

마음의 허기짐을 잊고 싶다고 말하는 당신에게

사람들은 특정한 상황에 자신이 반복해서 눈물이 나고 억울함이 가슴 깊이 메여 있는 걸 잊고 싶다고 말했다. 그럴 때마다 음식을 탐해도 허기짐이 채워지지 않는다. 맞다. "지금 먹는다고 해도 20년 전의 배고픔은 채워지지 않는다." 그렇다고 해서 그때 무슨 일이 있었는지 기억이 나지 않기 때문에 상담자가 질문해도 "모른다."라고 말할 수밖에 없을 것이다. 기억은 나지 않지만 우리는 이미 경험을 했다. 상담자에게 자신의 현재 고통을 한 번의 만남으로 해결해주길 원하는 바람이 어려운 일인지 알겠는가? 당신이 기억나지 않는 것으로 고통받는 것처럼, 상담자는 마치 기억을 잃어버린 사람과 원인 모를 아픔을 나누어야 한다. 이 상황에서 상담자가 해줄 수 있는 것은 서로가 느끼는 막연함과 불안을 적절히 나누고 앞으로 필요한 과정과 역할을 나누게 된다.

상담은 내담자가 살아왔던 세계에 질문하는 일

상담을 받기 위해 찾아온 사람은 현실적인 어려움을 말한다. "잠이 오지 않아요." "불안해요." "우울해요." "사람들을 만날 수 없어요." "남편을 믿을 수 없어요." 등. 지금 당장 달라져야 하는 주제로 이야기를 시작한다. 상담자는 내담자(상담을 의뢰한 사람)의 바뀌길 원하는 현실의 이야기를 들으면서 마음 안에 지도를 그려 넣는다. 내담자가 힘들어하는 마음의 주제가 어디서 시작되었을까? 이 지도를 '사례 개념화'라고 말하는 가정이다. 상담자마다 문제를 풀어가는 데 도움을 주는 이론과 방법론은 다르지만, '사례 개념화'라고 말하는 가정은 유사하다. 상담자는 사례개념화를 질문으로 시작한다."이 문제가 어디서 시작되었을까? 이미 말했듯이 상담자는 0에서 시작한다.

이 마음의 주제를 풀어내기 위해 출발선에 서 있는 내담자와 상담자에게 중요한 것이 무엇일까? 풀어가고자 하는 주제에 적절히 질문하고, 밝히고 싶은 마음의 주제를 풀어가는 협력이 매우 중요하다. 상담도 결국 사람과 사람이 하는 일이다. 관계가 연결되지 않으면 엉킨 실타래의 처음을 찾을 수 없다. 시간도 마음도 필요하다. 이 과정에서 상담자에게 필요한 것은 인간애와 전문성이다.

"

상담자는 내담자와 마음의 문 앞에 서서 함께 해야 한다.

"

상담과 심리극을 실천하면서 알게 되는 비밀
심리극 디렉터의 시선으로

심리극이 미디어에 자주 등장한 이유

서점에만 가도 쉽게 보이는 주제가 심리학이다. 자신과 타인의 마음을 알고 싶다는 욕구를 잘 보여주고 있는 장면이다. 대중매체도 크게 다르지 않다. EBS 교육 방송을 비롯하여 다양한 채널에서 다양한 심리학 주제로 프로그램을 운영한다. '우리 아이가 달라졌어요. 부부가 달라졌어요.'처럼 마음이 달라지길 원한다. 'KBS 안녕하세요.' 프로그램도 그 속을 들여다보면 결국, 사람의 마음을 이야기하고 있다. 심리학은 사람의 마음을 연구하는 분야다. 심리학의 기초 학문과 응용 분야 중에 심리극은 응용분야다. 심리극은 응용분야 중에 집단상담, 집단 심리치료 영역에 들어간다. 대중매체는 사람의 마음 변화를 흥미롭게 영상에 담기 위해 심리극을 선호한다. 그 이유는 간단하다. 방송 영상은 짧은 시간 안에 사람들의 흥미를 자극해야 한다. 심리극이 그 점에서 매우 매력이 있다. 심리극에서는 사람들이 경험하고 있는 갈등 상황을 연극적인 상황으로 보여주기 때문이다. 실제 심리극이 방송 프로그램에서 보이는 시간은 3분 내외다. 이 시간 동안 주인공이 왜 문제를 안고 있는지, 그 문제로 인해 얼마나 힘든지 보여준다. 여기서 '보여준다.'라는 부분이 중요하다. 사람들은 눈으로 보이는 것을 믿는 경향이 있기 때문이다.

사람의 마음이 변하지 않는 두 가지 이유

사람들의 마음은 눈에 보이지 않는다. 결국 눈에 보이지 않았던 마음의 변화는 행위로서 알 수 있는 것이다. 방송에서 심리극으로 행동이 달라지는 것을 촬영한다. 심리극만으로 마음이 180도 달라졌다는 것은 어불성설(語不成說)이다. 즉, 이치에 맞지 않고 말이 안 된다. 나는 심리극과 상담을 경험한 사람 중에 자신이 호소한 마음의 주제를 반복할 가능성이 있다고 본다. 난 그 이유를 두 가지로 생각한다. 첫 번째, 알지 못해서다. 타인과의 관계에서 눈치만 보는 사람이든, 자신만 생각하는 이기적인 태도를 보이는 사람이 있다고 가정해보자. 이들의 문제의 원인을 스스로 알지 못해 그 행동을 반복하곤 한다. 두 번째, 패턴이다. 결국 사람은 항상성을 유지하고 싶어 한다. 여기서 말하는 항상성은 눈치를 보는 행동, 타인의 이기적인 태도가 스스로 어떤 이득을 주기 때문이다. 문제라고 인식하는 행동은 어떤 특정한 상황, 대상, 장소에서는 매우 필요한 행동이기 때문이다. 심리극에서는 주인공에게 행위를 중심으로 새로운 경험을 안내한다. 무지를 깨주고, 패턴을 멈추게 한다. 그런데도 사람들은 새롭게 알게 된 정보를 망각하게 되고, 반복적으로 행동을 멈추지 못한다.

상담도, 심리치료도 모두 필요 없는 것인가?

나는 변화를 원한다면 무엇인가 변화를 위해 새로운 시도할 필요가 있다고 생각한다. 사람은 진정으로 원하는 것이 있다면 행동의 동기가 분명해진다. 그러면서도 사람들은 마음 안에서 "아무런 도움이 되지 않는다."라고 말한다. 조금 다른 이야기로 들리겠지만, 과거에는 화상을 입으면 환부에 된장을 바르거나, 소주를 뿌리는 행동을 했다. 이는 화상 부위의 회복에 도움이 되지 않거니와 오히려 부작용을 가지는 처치다. 상담과 심리치료는 심리학을 기반으로 연구되고 실천되고 있다. 사람들이 경험하는 마음의 현상을 양적, 질적으로 연구한다. 이를 바탕으로 적절한 방법론을 적용한다. 여기에서 이론과 실제의 데이터가 쌓이고 시행착오를 줄이면서 기대 효과를 높일 수 있는 결과들을 만들어내고 있다. 심리학은 흔히 대중들이 알고 있는 근거가 부족한 유사과학이나 미신과 같은 부작용을 일으키는 처치는 하지 않고, 오히려 행동의 변화를 이끌 수 있는 근거중심의 분야인 것이다.

나는 무엇을 해야 하는가?

나는 심리학과 상담, 심리치료 분야에서 꾸준히 학습하고 있다. 얼마나 많은 사람이 이 분야를 발전하고 기여하기 위해 노력을 하는지 알고 있다. 그러기 위해 필요한 것도 있다. 상담과 심리치료를 경험하는 실수요인인 내담자가 좋은 경험을 하도록 안내하는 일이다. 대중매체에서 보이는 모습보다 내담자의 삶 안에서 진짜 경험을 도울 수 있어야 한다. 난 최근까지도 실무에서 심리극과 상담을 실천해왔다. 이와 더불어 더욱 필요한 것은 연구다. 연구자로서 실천해온 방식이 얼마나 타당하고 합리적인지 검증을 할 수 있어야 한다. 나는 이것이 '내담자의 마음 변화'라는 진실에 가까워질 수 있다고 믿는다. 진실은 복잡하지 않다. 오히려 간단하고 명료하다.

기억나지 않을 뿐 경험하지 않은 것이 아니다.

심리극 디렉터의 시선으로

나는 왜 질문을 시작했을까?

내가 심리학을 선택했을 때 가장 머리에서 맴돌았던 단어는 '포기'였다. 부모의 반대에 서서 무언가를 항상 보여주어야 했다는 마음 때문이었다. 군대에 다녀오고 나서는 '포기'보다 '막막함'이 먼저였다. 무엇을 해야 할지, 어떻게 해야 할지 엄두가 서지 않았다. 대학 복학했을 때 2학년 시절에는 학부 수업보다 학회에서 진행하는 워크숍에 참여하기 위해 아르바이트에서 벌었던 돈을 쏟아 부었다. 나는 차를 타고 전국을 다녔다. 한국 심리학회 산하에 있는 발달, 성격, 범죄 등. 워크숍을 다니며 끝날 때마다 강사들에게 항상 질문했던 것이 있었다.

당신은 소진이 되었을 때 어떻게 하는가?

그 질문을 받은 강사들은 고개를 갸우뚱하거나 시큰둥하게 반응했다. 또는 너무 일상적인 이야기로 질문에 답했다. 나는 여전히 '소진'에 의문을 가지고 있었다. 시간이 흐르면서 2018년도에 우연히 유튜브를 시작했다. 문득 떠오르는 질문은 "일상에서 자신을 어떻게 돌보는가?"였다. 꼬리에 꼬리를 무는 질문이 소진과 돌봄으로 이어지고 있었다.

소진은 말 그대로 힘을 다 써버린 상태다. 쉽게 말해 더는 쓸 힘이 없는 모습이다. 우리가 일상을 살다가 힘이 없을 때 어떻게 할까? 산을 오르다 더 이상 힘이 없어 오르지 못할 때 그저 멈추어서 쉰다. 바위 위나 나무에 기대어 잠시 머문다. 초코바를 먹거나 물을 마시면서 숨을 돌린다. 어떤 이는 쉬고 나서 다시 산을 오르거나, 왔던 길을 되돌아가기도 한다.

전문적인 지식이 아니어도 일상에서 우리는 지칠 때 이처럼 자신에게 돌봄을 주었다. 우리는 소진이 되었을 때 돌봄으로 자신에게 다시 돌아가는 길을 발견하게 된다. 자기 돌봄은 의존과도 같다고 생각한다.

사람이 처음으로 의존했던 경험은 어디에 있을까? 엄마와의 관계로 볼 수 있다. 사람은 탄생을 시작으로 의존해야만 생존할 수 있다. 절대적인 의존 시기를 지나야만 '나'를 만나게 된다. 나를 만나기 위해서 절대적인 의존 시기를 지나야 한다는 건 매우 의도적이고 우연한 경험으로 만들어져 있다고 본다.

환경과 유전이 모여 있는 절대적 의존 시기에서 엄마와의 관계와 이미 유전적으로 결정된 생물학적 기저가 '나에게' 전달된다. 나와 타인, 세상을 온전히 믿을 수 있다는 건 절대적인 의존 시기에 충분히 좋은 대상에게 일관성 있는 경험을 했다는 의미로 본다. 아기들이 태어나 신처

럼 절대적 존재에게 요구한다. 울음으로 몸부림으로 배고픔, 통증, 외로움을 표현한다. 이는 소진이고 비어 있는 상태로 이해했을 때 최초의 돌봄은 어떤 모습이었을까? 당신이 경험한 최초의 돌봄은 어떤 모습이었을까? 사람들은 말할 것이다. 기억이 안 난다고. 그렇다. 아직 뇌가 기억할 수 있는 생물학적 발달을 하지 않았던 시기의 기억은 우리에게 남아 있지 않을 수 있다. 그러나 기억나지 않는다고 해도 그 경험은 몸에서 사라지지 않는다.

"

기억나지 않을 뿐 경험하지 않은 것이 아니다.

"

엄마에게 심리적인 독립이 시작되는 사춘기 무렵에는 '자기'로 돌아오는 문이 열린다. 그 길은 누구나 초행길처럼 느낄지 모르지만 이미 엄마와의 관계에서 익숙한 방법으로 길을 걸어간다.

마음의 독립은 하얀색 도화지에 두 손에 들려진 크레파스로 그림을 그리는 법을 배우기 시작한 것과 같다. 이 시작점에 또래 친구, 선생님처럼 여러 사람들과 우연한 사건들이 중요하게 작용하기도 한다. 우리는 소진될 때 자기로 돌아가는 길을 찾아야 한다. 그것이 돌봄의 시작점이다. 자기로 돌아가는 길에는 많은 유혹이 있다. 마치 욕구를 충족시켜줄 것 같이 생긴 것들이지만 그 이면을 들여다보면 텅 비어있는 상자와 같다. 자기의 돌봄이라 생각했던 것은 욕구 충족만으로 채워지지 않는다. 자기 돌봄은 욕구 충족만이 끝이 아니라는 사실이다. 나로 돌아올 수 있는 순간들은 이미 일상에 있다. 몸에서 보내는 여러 느낌이 그것이다. 오감이라 말하는 시각, 청각, 후각, 미각, 촉각이다. 배고픔도 그중 하나이다. 잠을 자는 것, 즐거움을 찾는 행위도 같다. 우리는 얼마나 나로 돌아올 수 있을까? 행위의 역할인 남자, 아들, 남편, 아빠가 아니라 '나'로 돌아올 수 있는 순간. 그 중심에 자기 돌봄의 핵심이 있다고 생각한다.

대한민국에서는 24시간 끊임없이 누군가와 연결되어 있다. 오프라인은 물리적인 한계 때문에 유한성을 가지지만, 이제는 온라인으로 접속만 하면 타인과 세상을 만나게 된다. 온전히 나로 돌아가는 길은 보지 못하고 소진된 상태로 접속만 이루어지고 있다. 사람들은 말한다. "내가 없다." 나는 유튜브에 '일상에서 자기를 돌보는 법'을 인터뷰 방식으로 사람들에게 물었다. 사람들은 자기를 드러내지 않으려 했다. 거절, 또 거절이다. 몇몇 사람들이 말한 내용 일부에는 무엇인가 주의를 기울인다. 취미생활, 사람에게 주의를 기울인다. 조금 다른 차원으로 해석하면 접촉으로 이해되었다. 접촉의 기원은 다시 의존이다.

우리 자신에게 돌봄이 필요하다면 기억나지 않지만 경험했던 그 의존의 기원으로 되돌아가서 물어야 한다. 그때 정말 원했던 것이 무엇이었는지, 좌절로 인해 어떤 삶을 살고 있는지를 물어야 한다. 이처럼 심리학의 많은 이론이 과거에 초점이 있다. 반면, 과거 경험을 묻는 것에 비판적인 의견을 말하는 사람들도 있다. 과거를 묻는다는 건, 과거가 현재의 모습을 반영하기 때문이다. 현재의 모습을 다르게 만들고 싶다면 과거에 결핍된 면을 이해하고 현재를 다르게 만들어야 한다. 청소년들을 만나면 꿈, 하고 싶은 것이 없다고 말한다. 미래는 결국 현재의 재현이다. 과거를 이해하고 현재를 살아가면 원하는 미래를 위해 지금을 살아갈 수 있다. 나는 소진, 돌봄, 꿈은 지금 여기에서 누군가의 만남으로 이어져 있다고 생각한다.

그 만남은 외부에 있기보다 내부에서 먼저 시작되어야 한다고 본다. 참 어려운 시작이다. 기억나지도 않지만, 몸에서 말하는 경험은 아직도 우리를 불편하게 만든다. 불편하다고 눈을 감고 길을 걷지 말아야 한다. 과감히 눈을 뜨고 오늘을 살아가자.

"
그 만남은 외부에 있기보다 내부에서 먼저 시작되어야 한다.
"

심리극을 실천하고 연구한다는 것은
심리극 디렉터의 시선으로

어디로 향하는지 모른다는 것.

처음 심리극을 알게 된 때가 2002년 3월이었다. 난 심리극에 대해 아무것도 알지 못했다. 아무것도 모른다는 건 실수를 두려워하지 않는다는 의미가 담겨 있다. 심리극을 하면서 실수를 두려워하지 않는다고 해서 극이 안전하게 진행된다는 것은 아니다. 심리극이 어디로 향하는지 모르기에 안전은 담보할 수 없었다. 내가 할 수 있었던 것은 심리극을 잘 아는 사람을 찾는 일이었다. 2006년 처음으로 심리극 전문교육을 받았다. 교육은 앎을 깨우고 지금-여기에서 주의를 조절할 방법을 배우는 것이다. 하지만, 배운다고 해서 당장 그 기술과 방법을 사용하기는 어렵다. 결국, 시행착오를 경험해야 한다. 내담자를 실험하는 것이 아닌, 전문가들과 만남 안에서 훈련을 했다. 심리극에서 알아야 하는 개념과 방법을 끊임없이 연습하고 실패했다. 실패는 끝을 의미하지 않았다. 실패는 다음을 연결하는 고리와 같다고 생각했다. 스스로 질문을 하게 했고, 다음 배울 부분을 찾게 했다.

자격증이 전부가 아니다.

2011년 겨울, 심리극 전문가 자격시험을 응시하여 2012년 심리극 전문가 2급을 취득하게 되었다. 처음부터 자격증을 위해 시작하지 않았고, 심리극이 주는 즐거움을 찾아 따라가니 어느새 '전문가'라는 타이틀을 줬다. 학회에서 자격을 준다는 것은 사회적 책임과 역할을 의미한다.

과거에 나는 심리학 학부생으로 심리극을 실천하기에는 능력이 부족했다. 2014년부터 2016년까지 대학원에서 상담 이론과 실제를 더욱 배우려고 노력했고 2017년에는 심리극 1급 전문가로 승급했다. 나는 심리극을 실천하면서 심리극과 역할극이 접목된 프로그램을 개발 운영했다. 나는 그 과정에서 의문이 들었다.

"

내가 실천하고 있는 프로그램이
과연 과학적으로 검증 가능한 행위인가?

"

과학적이라는 것은 행위의 합리적 근거가 있다는 사실이다. 합리적이 다는 건 논리성, 현실성, 실용성, 융통성, 파급효과를 근거로 이야기할 수 있어야 한다.

심리극 전문가로서 합리적 근거를 찾는 과정

심리극은 경험과학으로 관찰 가능한 범위에서 그 내용을 살펴보아야 한다고 생각했다. 심리극을 훈련하면서 관찰했던 내용은 구두로도 전달되었으나, 결국엔 연구물에서 합리적 근거 과정을 살펴보면서 수련을 해야 했다.

나는 어떻게 하면 심리극을 연구할 수 있을까?

고민했었다. 2018년 박사과정을 시작으로 지난 8년 동안의 심리극과 역할극 프로그램을 정리하기 시작했다. 나는 프로그램의 합리적 근거와 타당성을 찾기 위해 학술발표를 했다. 2018년 11월부터 두 달 동안 선행 연구와 활동 내용을 정리했다. 2015년부터 2018년까지 3년 동안 100여 개 학교에서 실천했던 'SNA를 활용한 역할극 프로그램'의 내용과 근거를 학술지에 수록할 수 있게 기록했다. 이번 한국 심리극·역할극 상담학회에서는 청소년의 교우 관계 갈등 예방 중심으로 초점을 정했다. 부족한 내용이지만 시도해보았다.

"
심리극이 과학이 되기 위해서는
행위의 경험을 포착할 수 있어야 한다고 생각한다.
"

　　모레노가 보면 답답할 노릇으로 볼지 모르지만, 젤카 모레노나 그의
동료들이 심리극을 발전시킬 수 있었던 원동력이 여기에 있다고 본다.
과거보다 현재가 그리고 미래가 여러 연구방법론이 세련되어지고 발전
되고 있다. 심리극과 역할극이 안전해지고 그 효과가 사람들에게 전달
되길 간절히 기도한다.

SKY캐슬보다 더 가치로운 삶을 산다는 것
심리극 디렉터의 시선으로

어린 나이에는 알지 못했던 사실을 어른이 되면서 알게 되었다. 나는 사람이 나이가 들면 더 많은 것을 알게 되고, 지혜롭고, 다른 사람들과 세상을 위해 가지고 있는 많은 힘을 나눌 수 있을 것으로 생각했다. 이 생각은 맞기도 했고, 틀리기도 했다. 어린 시절에 알았던 배움의 크기는 어른이 되면서 점점 커졌지만 배움의 순수성은 다른 욕구로 채워지는 모습이 보인다. 나는 사회, 정치, 문화, 경제에 대해 잘 모른다. 그러나 언론에 소개되거나 보인 어른들의 일그러진 자화상은 본래의 역할에서 많이 벗어나 있어 보인다. 권력의 가장 높은 역할인 대통령부터 사법부의 대법관까지 그들은 사리사욕에서 벗어나지 못하고 있었다. 그들은 무엇 때문에 개인과 연결된 집단에 권력과 영향력을 사용했을까?

학부 시절 대학 선배들은 지나가는 말로 한마디 했었다. "심리학의 응용심리학이라 말하는 임상과 상담심리는 돈이 많이 들어간다." 20살이던 나는 무슨 말인지 잘 몰랐다. 왜 배우는데 돈이 들어가는 것일까? 그로부터 15년이 지나 선배들이 말하는 배우는데 돈이 들어간다는 뜻을 몸으로 알게 되었다.

"돈이 없으면 배울 수 없다." 이 말처럼 세상의 일그러진 근원이 교육에서도 얼룩진 모습으로 계속되고 있다. 요즘 아내가 재미있게 보는 드라마가 있다. 'SKY 캐슬'이다. 대한민국 상위 0.1%가 모여 사는 왕국에서 남편은 왕, 자식은 천하제일 왕자와 공주로 키우고 싶은 명문가 출신 사모님들의 욕망이 있는 드라마다. 나는 왜 사람들이 이 드라마를 목이 빠지게 보게 되는지 궁금했다.

지금까지 한국 드라마는 백마 탄 왕자가 평범한 일상을 살아가는 여자와 사랑에 빠지는 영화와 같은 이야기였다면, SKY 캐슬은 대한민국 교육 현실을 반영하고 있기 때문이라 생각한다.

대한민국에서 권력과 신분 상승을 위한 길이 교육이라는 것을 반증하고 있다. 이미 권력층의 네트워크 안에는 기존의 권력층이 새로운 진입 통로를 철저하게 막아놓고 있음을 보여주고 있다. 2017년 3월 10일, 박근혜 대통령이 탄핵 결정되었을 때 유시민 씨는 말했다. "대한민국에서 변한 것은 어떻게 보면 대통령 한 명뿐일 수 있다." 권력의 가장 상위층인 대통령이 변했다는 것은 강한 영향력을 통해 새로운 시도를 할 수 있다는 것으로 볼 수 있다. 그렇지만, 정부와 주요 기관의 인사들이 변화를 거부하고 있다면 2년 뒤 새로운 대통령이 나왔을 때 변화의 파도는 얼마나 갈 것인지 의문이다. 나는 학문을 한다는 것은 '변화'를 추구하기 위한 것이라 생각한다. 변화는 지금보다 나 자신과 타인, 세상이 달라질 수 있음을 믿고 '글'을 읽고 '말'하며 '행위'를 연구해야 한다고 믿는다.

나는 왜 심리극을 하는가?

첫 번째는 만남이 있었기 때문이다. 그 만남 안에는 스승(박희석 (Hee-Seok Park)이 있다. H. 애덤스(1918, P300)는 "스승은 영원히 영향을 미친다. 스승의 영향이 어디서 끝이 나는지 알 수 없다."라고 말했다. 나는 스승과 함께 했던 심리극의 만남 안에서 과거의 치유와 미래의 희망을 보았다. 온전히 현재를 살아갈 수 있다는 것은 회복이 있었기에 가능한 일이다. 두 번째는 삶의 경험이 있기 때문이다. 수스맨 (Sussman, 1995)은 "많은 치료자들은 원 가족 안에서 돌보는 사람, 중재자, 부모화된 아이, 부담을 견뎌내는 역할을 하면서 자란다."라고 이야기했다. 나는 심리극으로 가족 안의 구호자 역할을 멈출 수 있었다. 이 경험은 상처받은 치유자로 역할 하기에 매우 중요한 강점을 제공해준다. 세 번째는 진짜 자기가 될 수 있기 때문이다. 최상의 인간 본성(The Farther Reachers of Human Nature. p.67)에서 에이브러햄 매슬로는 창의적인 태도와 절정 경험을 하는 능력이 자유로워지는 것과 어린 시절의 구속, 의무, 두려움, 희망으로부터 자유로워지는 것이라 말했다. 그는 다른 사람으로부터 훨씬 더 자유로워지면 그 결과로 훨씬 더 진정한 자신, 진짜 자기, 진정한 자기, 진짜 정체성이 된다고 보았다.

　내가 대한민국에서 심리극을 실천한다는 것은 권력도 기득권도 아니다. 내가 대한민국에서 대학원 박사과정에서 추구하고자 하는 것은 교수와의 관계도 아니다. 내가 원하는 것은 진짜 자기를 발견하면서 '나'를 만나고, 상처 받은 치유자로서 조력자 역할을 하는 일이다. 나의 스승이 선한 영향력으로 삶을 조력했듯이 나의 선배와, 동료, 후배들에게 조력자의 원리를 전달하는 역할을 하는 것이다. 레이스맨(Reissman, 1965)은 조력자들이 치료되는 원리에서 남에게 주는 사람이 더 많은 보상을 받는다고 이야기했다. 내가 심리극을 실천하는 이유는 나의 삶을 살고, 심리극으로 타인과 세상에 조력하기 위해서이다.

에필로그

난 심리극이 재미있고, 즐겁고 좋다.
2002년 3월에 처음 알게 되어
죽게 되는 어느 시점까지 심리극과 함께하고 싶다.

나는 심리극을 하는 동안 진실을 알게 되었다.
참만남을 경험했고 긍정적인 미래의 모습을 보았다.

나는 심리극 안에서 사람들과 만나고 헤어졌다.
심리극은 나를 충만하게 하고 성장하게 한다.
지금 여기에서 다시 살아가게 한다.

심리극 참 좋다.